写给孩子的中国神话

严 优 —— 著

北京大学出版社
PEKING UNIVERSITY PRESS

图书在版编目（CIP）数据

我们的神：写给孩子的中国神话／严优著. — 北京：北京大学出版社，2019.5

ISBN 978-7-301-30424-2

Ⅰ. ①我… Ⅱ. ①严… Ⅲ. ①儿童文学–神话–作品集–中国 Ⅳ. ①I287.7

中国版本图书馆 CIP 数据核字 (2019) 第 059725 号

书　　　名	我们的神：写给孩子的中国神话 WOMEN DE SHEN: XIEGEI HAIZI DE ZHONGGUO SHENHUA
著作责任者	严　优　著
责任编辑	闵艳芸
标准书号	ISBN 978-7-301-30424-2
出版发行	北京大学出版社
地　　　址	北京市海淀区成府路 205 号　100871
网　　　址	http://www.pup.cn　　新浪微博：@北京大学出版社
电子信箱	minyanyun@163.com
电　　　话	邮购部 010-62752015　发行部 010-62750672　编辑部 010-62750673
印　刷　者	天津图文方嘉印刷有限公司
经　销　者	新华书店 787 毫米 ×1092 毫米　16 开本　17 印张　183 千字 2019 年 5 月第 1 版　2019 年 5 月第 1 次印刷
定　　　价	69.00 元

未经许可，不得以任何方式复制或抄袭本书之部分或全部内容。
版权所有，侵权必究
举报电话：010-62752024　电子信箱：fd@pup.pku.edu.cn
图书如有印装质量问题，请与出版部联系，电话：010-62756370

目录

写给小读者的话　　1

上篇 宇宙与自然

宇宙最初是什么样子的　　002
　　没有五官的混沌神　　003
　　盘古大神的使命　　007
　　天地之间的结构　　012
　　女娲大神拯救世界　　015

天体神的故事　　019
　　太阳女神羲和　　020
　　巨树扶桑与若木　　025
　　大羿射下九个太阳　　027
　　月中仙子嫦娥　　030
　　夜空中的动物园　　034
　　爱打架的熊孩子变成星星　　038
　　银河是怎么来的　　041

气象神的故事　　048
　　威风八面的雷部诸神　　049
　　一大溜管下雨的神　　053
　　作为雨神的龙　　055
　　风神箕伯、飞廉和其他　　057
　　封十八姨发脾气了　　060
　　贿赂雪神滕六和风神巽二　　063
　　仪态万方的云神　　066

01

山神、水神与花木神　069

　　吉庆的山神　070
　　可怕的山神　073
　　坏脾气的水神共工　075
　　暴虐的黄河之神冰夷　079
　　最美的洛水女神宓妃　081
　　总花神，分花神　084
　　大树神，小树神　087

中篇　诸神的家族

三皇的故事　090

　　神力莫测的女娲大神　091
　　雷神与华胥氏之子伏羲　094
　　神奇的农业大王　096
　　神农治不了断肠伤　099

五帝的故事　103

　　新一代中央天帝黄帝　104
　　从炎黄之战到蚩黄之战　107
　　青春不变的东帝太皞　111
　　火热的南方炎帝　114
　　西帝少昊用鸟儿做官　117
　　总是板着脸的北方颛顼帝　120

五帝的神族　123

　　大地之神养育万物　124
　　金神蓐收拿着大斧子　127
　　鱼鸟变身的海神玄冥　130
　　方脸鸟身的木神句芒　132
　　暴脾气的火神祝融　135
　　小鸟精卫的复仇　138
　　一家之主灶神　140

了不起的八方大神　142
　　昆仑山主神西王母　143
　　东王公骑黑熊　146
　　玉皇大帝是何许神也　149
　　鸟族最高神帝俊　153
　　蚕丛大王的金蚕　155
　　大司命与少司命　157

千姿百态的神祇们　160
　　鲛人的手工与眼泪　161
　　龙伯国巨人钓乌龟　163
　　夸父壮志追太阳　165
　　二郎担山赶太阳　167
　　刑天永远不服输　170
　　战神九天玄女　172
　　冥神以及管鬼的神　174
　　看管地门的神荼和郁垒　176
　　上古四大凶神　178

下篇 人与文化的起源

人是怎么来的　184
　　女娲造人的两种方法　185
　　最初的人跟现在不一样　188
　　伏羲女娲兄妹繁衍人类　190
　　人为什么会死　195
　　彭祖活了八百岁　196

夏商周各族的始祖神　198
　　子孙显赫的帝喾　199
　　姜嫄踩上大脚印　200
　　简狄吞下玄鸟蛋　202
　　庆都与红龙生下帝尧　205

03

三王时代的故事　206
　　尧帝时代的奇迹　207
　　丹朱被流放　208
　　尊老爱幼的舜　210
　　湘水女神与斑竹　212
　　伯鲧窃息壤　216
　　有莘氏吞神珠生禹　219
　　大黑熊与九尾狐　220
　　大禹治水定九州　225

文化事象的起源　229
　　燧人氏与奇幻燧明国　230
　　女娲造六畜　233
　　伏羲制八卦　235
　　后稷分五谷　238
　　蚕马的故事　240
　　嫘祖教民蚕桑　242
　　仓颉发明文字　244
　　阴差阳错杜康酿酒　247
　　宁封子制陶献身　250
　　素女和上古音乐家们　252
　　心灵手巧的上古发明家　255

后记　257

写给小读者的话

亲爱的小伙伴,你正在打开阅读的,是一本关于中国上古神话的书。

神话是什么呢?简单地说,是关于宇宙自然、人类及其文化的起源的故事。神话里的主要"人物",当然是各类神灵。

在中国古人的心目中,广义的神灵体系有这么三类来源:天神、地祇(qí)和人鬼。"天神"就是主要生活在天上的神灵,像天帝、风云雷雨神等;"地祇"是指主要在地上活动的神灵,比如土地神、山神、河神、海神、谷神等等;"人鬼"是指人死后变成的神灵,如果他们生前很伟大的话,死后就会成为被祭祀、被崇拜的对象,也就是"死而为神"——像三国时候的关羽,死后就被人们奉为"武财神"。

看起来,神话里的事距离我们十分遥远,也许你会想:读不读神话跟现在的世界又有什么关系呢?要知道,对于很久很久以前创造了这些神话的古人而言,神就是他们生活中真实的存在。天空,大地,洪水,暴雨,大风,烈火,树木,春夏秋冬……这些事物包围着他们,影响甚至决定了他们的生死,所以,他们从自己的实际需求出发造出了这些神。我们是他们的后裔,我们今天阅读上古神话,其实就是回到先民们的精神世界中去探险,去了解我们这个国家、这个民族是怎么从蛮荒中一步步走到现在的。

也许你已经知道了一点中国的神话故事,你的心中有没有藏着些疑问呢?比如,宇宙最开始的混沌究竟是什么?为什么不少大神都跟蛇有关系？上古神话中的三皇五帝到底是谁？中国有没有太阳神、月亮神、星神？为什么好多神都管着打雷下雨这件事？到底谁是雷神、谁是雨神？像水神、木神这样的神，是不是有好多个？土神到底是男神还是女神？中国有没有冥神？等等。

也许有的时候，你还悄悄拿中国的神话跟古希腊、古罗马等国家的神话相比来着。因为不太清楚咱们自家神话的特点，说不定你还悄悄抱怨过，好像觉得中国神的故事不够多。相信我，等你看完这本书，你就不会这么想了。

其实，我像你们这么大的时候，关于中国神话也有过种种疑问。我为你们写作这本小书的过程中，一直试图从你们的角度出发，尽量简明扼要地解说清楚关于中国神话的一些重要信息。希望我的这本小书，能够对你们理解中国神话有一点帮助。

今天，真正信仰、崇奉书中提到的这些上古神明的中国人可能已经不多了，那么，是不是说中国人就没有信仰了呢？当然不是。从荒远的古代流传下来的一些信念其实已经内化到了我们的骨子里。比如，你可能听过"人在做，天在看"这句话，也可能听过"天网恢恢，疏而不漏"这种说法，当你表示感叹或者惊讶的时候，你可能冲口而出："我的天哪！"……对我们中国人而言，这种对于"天""天帝""天道"的信念是根深蒂固的，我们相信冥冥之中有一种力量主宰着一切，人类的所作所为都有天道为我们划定了底线。这种信念，就是千万年来从上古神话里一路传递到如今的。

中国的神话很丰富，本书所讲的，只是上古神话的一小部分。将来如果有机会，希望我能为你们讲更多故事。

宇宙与自然

上篇

宇宙最初是什么样子的

在神话中,宇宙最初是什么模样的?日月星辰、山岳河海等是怎么来的?诞生后的宇宙有着怎样的结构?又是谁拯救了差点被毁灭的世界呢?

没有五官的混沌神

最初的最初,在没有天地、没有山川、没有动植物和人类等一切我们今天能看到的事物之前,整个宇宙是什么模样呢?

那时候的宇宙是一团"混沌"(hùn dùn),也写作"浑沌""浑敦"等。混沌就是模模糊糊、什么都分不清的意思。混沌中似乎什么都有,又似乎什么都没有,你不能看清其中的任何细节,可是,未来这个宇宙中所有的元素又都孕育在其中了。

这么看来,混沌好像是不可描述、无法把握的了,但有趣的是,在神话的世界里,混沌可以表现得很具体,是看得见、摸得着的。比如,下面要给你介绍的这位混沌神:

古早古早以前,在西方的天山上有一个混沌神,祂[1]的模样非常奇特:

通体的颜色像火一样红;口袋一样的身子上,一共长了六只脚、四个翅膀;祂没有头脸,一般长在脸上的那些东西——眼睛、鼻子、嘴巴和耳朵,祂都没有。

可是,这样一位什么交流器官都没有的神,却精通歌舞。祂是怎样做到这一点的呢?真够让人想破头的。

---

1 "祂"(tā),神的第三人称。在本书中,如果我们不能明确神的性别时,就用这个"祂"来指代。

人们说，祂是古老的中央天帝，名字叫作"帝江"，又叫作"帝鸿"。"江"和"鸿"的差别，可能是后来的人传写的时候写岔了——比如，少写或者多写了一个"鸟"旁。

我们今天并不知道在混沌神之前还有什么更古老的天帝，所以，认真算起来的话，混沌也许可以算是中国的第一代大天神了。祂住到西边的天山上去，大概是"退休"以后的事情了。

也有人说，中央天帝混沌并没有光荣退休这回事，而是死掉了。祂跟南海天帝"倏"（shū）和北海天帝"忽"是好朋友，倏、忽因为受到混沌的热情款待，想要报答祂，就花了七天七夜给祂凿出了七窍——两只眼睛、两只耳朵、两个鼻孔、一张嘴。没想到，七窍一凿完，混沌就死去了。这么看来，原始的那种模模糊糊的混沌状态还是不要随便被打破的好呀。

有关混沌神的记载，在《山海经》《庄子》等书里可以找到，不过很遗憾，只有寥寥数语。

在某些传说中，混沌又被看成一头怪兽，我们可以叫它混沌兽。据说它是上古"四大凶神"之一，后面我们会介绍它的故事。

盘古大神的使命

与混沌相关的另一种神话故事,是原始大神打破混沌,开天辟地。我们来看看他是怎样做到的。

最初的最初,"天地混沌如鸡子",整个宇宙只有像鸡蛋那么小小的一团,而且里面模模糊糊的,什么都分不清楚。

不知道经过了多长时间,这团混沌里的所有精华元素开始聚合、凝结,慢慢孕育成一个大神,就像一枚平淡无奇的鸡蛋里有只小鸡在悄悄地生长。人们管这个诞生在鸡蛋般宇宙中的大神叫作盘古。

你看,宇宙间所有的精华都给了盘古,这就意味着,他的出现是承担着使命的,是为了干些不同凡响的事情的。

盘古在混沌中慢慢成长,经过一万八千年,他成熟了,就像小鸡在鸡蛋中长到了破壳之时。盘古想要打破混沌的这个硬壳,冲出来继续下一阶段的使命。于是,他抓起一把斧子,"哗啦"一下子劈出去,将紧裹着自己身体的混沌劈成了两半。

慢着慢着,斧子?!混沌里哪儿来的斧子呢?宇宙间所有的精华都凝聚在盘古身上了,怎么可能遗留下一把能开天辟地的巨斧?

原来,盘古在挥斧之前还做了个准备工作:拔牙!

要知道,作为宇宙间的第一位大神,他身上的一切都是可以变化的。为了劈开混沌，他用到了自己身上最锋利的部分——牙齿。你见过小鸡出壳吗？对于柔弱的小鸡而言，要想突破坚硬的蛋壳来到世间，只能用当时它们身上最尖利的地方——小嘴壳——去啄。盘古突破混沌的手段，跟小鸡的做法很像。

盘古就这么拔下自己的一颗门牙或者虎牙，大力一挥，变出了巨斧。不要小看宇宙间的这第一次化身，它是盘古以后无穷化身的"牛刀小试"。

经过巨斧一劈，混沌里那些清澈而轻灵的东西往上升，变成了天空；那些浑浊而沉厚的东西往下沉，变成了大地。可是这种清浊的分裂不太稳定，看起来，天地随时有重新合拢变回混沌的危险。怎么办呢？这个时候，天地间可是空空一片，还根本没有后来的高大山脉之类的东西，可以用来充当撑天的柱子。

于是盘古便做了诞生以来的第二件事：撑开天地。

盘古站在天地之间，双脚踏着大地、双手托住天空，做起了天地间的支撑。天每天向上升高一丈，地每天向下增厚一丈，盘古的身体也每天长高一丈。

就这样，一日不停歇地过了一万八千年，天变得高极了，地变得厚极了，盘古的身体也变得长极了。天地间的距离达到了九万里，再也不会合拢了。

辛苦了将近两万年的盘古，终于可以放心歇口气儿了。

可是，盘古的使命完成了吗？没有。

拔牙挥斧、撑开天地只是他创世使命的前两个步骤，天地创造出来之后，不能老是这么空着，总得有点什么来填充这个美妙的地方吧？

盘古将自己撑天的双手放下来，"轰隆"一声倒在地上，"死"去了。要知道，大神的死亡并不是彻底的消亡，而是一系

列"生"的开始，所以盘古其实是在进行自己的最后一项使命：垂死化身、创造万物。

说来真是奇妙，倒在地上的盘古的身体，立刻发生了巨大的变化。

我们先说天上：盘古的左眼变成了太阳，右眼变成了月亮，头发和胡须全部化作了天上的星星（所以你知道天上的星星为什么那么多了）；盘古曾经的呼吸变成了刮过世间的大风小风；他哈出来的气变成了飘来飘去的白云乌云；他曾经雄浑的声音变成了阵阵雷声，曾经锐利的目光变成了道道闪电；他辛苦劳作流出的汗水，化为了阵阵大雨，并在地面聚集成湖泊……甚至，盘古的精气神儿也还留在世间，化为了不同的天气：当他高兴的时候，天空就会晴朗无云；当他发怒的时候，天空就会阴云密布。

我们再说地下：盘古的头和四肢化为了高高耸立的大山，像人们熟知的泰山、华山等，都是这么变来的；他的血液变成了滚滚流动的江河，像长江、黄河等，就是这么变来的；他的筋脉变成了世上条条道路和种种地貌，像山道、沟壑、峡谷等，也都是这么来的；他的肌肉变成了肥沃的土地，他的皮肤和汗毛变成了大地上茂盛的花草树木；他身体里的精髓，变成了各种光彩夺目的珍珠宝贝；而他的牙齿和骨头呢，则变成了地里埋藏的各种金属和玉石；他身上的小虫子变成了各式各样的人……

哦，别忘了，他的牙少了一颗，所以想来世间金属的储藏量自然会少那么一点点。

现在问题来了：开天辟地之后，盘古牙齿变成的那把巨斧去哪儿了呢？谁也不知道。如果哪天你听到新闻里说，从某个很深的地下挖出了一种奇怪的金属，你就要多留心了，说不定那就是盘古巨斧的遗存呢！

总而言之，盘古通过四个步骤——拔牙化斧、开天辟地、撑开天地、垂死化身，用自己的一切创造出了一个雄壮、美丽的世界，他是不朽的。

讲完盘古开天辟地的故事，我们说几句题外话吧。

有人说，盘古并没有死，后来，他变身成了道教最高神"三清"之一的"元始天尊"。还有人说，道教中的"太极"就对应着宇宙的混沌状态，只不过那是一种比较"虚"的概念，而不是一个有血有肉的具体的神明。

我国别的民族也有类似盘古的创世大神，比如哈萨克族有位迦萨甘，布朗族有位顾米亚，瑶族有位密洛陀，阿昌族有遮帕麻与遮米麻等等，他们的伟大事迹，跟盘古大神比也是不相上下的。

天地之间的结构

盘古将天地分开之后，圆鼓鼓的天幕笼罩在平展的四方大地上，这叫作"天圆地方"。

盘古的四肢化成了四根巨大的柱子，支撑在大地的四个角上，以免天塌下来，重新与地合到一起。这些柱子就叫作"天柱"。

天柱最初只有四根，后来水火二神打架撞断了西北方的那根，就只剩三根完整的了。女娲大神捉来一只巨鳌（áo），砍下它的四肢，分别立在了大地的东南西北四边，支撑起天幕。这样，大地的八个方向就都有了天柱，叫作"八柱"。其中那根撞断了的，还有了个新名字，叫作"不周山"，不周就是不完整的意思。这个故事后面会具体地讲。

也有人说，天柱原本就是由大地上的高山担当的，八柱就是八座高山。据说昆仑山就是一根天柱，它的顶端直插云霄。也有人说，昆仑山本身不是天柱，但昆仑山里有根大铜柱，合围达到三千里，那才是真正的天柱。

天柱是用来分开和支撑天与地的，那么，撑开后的天地会不会离得过于遥远乃至散架呢？为了防止这种情况出现，在大地的四个角，又各有一条巨大的绳索，将大地与天幕紧紧绑在一起。这四条巨绳就叫作"四维"。巨绳分别系在天和地的两端：拴在天那端的叫作"天维"；拴在地那端的就叫作"地维"。

在天地之间还有一些天梯。天梯可能是山（昆仑山、灵山等），也可能是花木（建木、马桑树等），它们的存在是为了便于地面的人与天上的神灵沟通。

好了，现在我们来看看大地之下有什么吧。

原来，大地之下就是原始的汪洋，浩浩渺（miǎo）渺，无边无际。为了防止大地沉入海底，神（天帝）派了一只巨大无比的鳌鱼来驮起大地。可是，这种工作实在太枯燥、太辛苦了，当鳌鱼驮累了的时候，就难免略微动一动，翻翻身。对于生活在大地上的人们来说，这就是可怕的地震了。

当然，造成地震的原因也不光是鳌鱼翻身这一种。比如阿昌族的传说，地母遮帕麻抽线合天地的时候，也曾经造成过巨大的地震。

也有人说，大地之下并不是汪洋。大地很厚，有一万里深，再往下就是大空洞了。神怕地塌下去，就在空洞的四角支起了四根大金柱子，每根合围都有五千里那么粗。这就是"地柱"。

女娲大神拯救世界

创世之后，过了不知多少漫长寂寞的年月，天地间出现了一位长着蛇尾巴的大女神，叫作女娲。女娲造出了最初的人类和家养动物，这个故事我们以后会讲。

在女娲之后，又陆陆续续出现了一批神，这里面就包括火神祝融和水神共工。据说，共工是祝融的儿子。

俗话说，"水火不能相容"，终于有一天，在这爷俩之间爆发了一场大仗。最后，儿子打不过老子，水神共工失败了。前面说过，盘古化身之后，他的四肢变成了四根支撑天地的巨柱。打了败仗的共工一气之下，跑去撞断了西北方那根天柱。西北天柱剩下的半截成了山，后来就叫它"不周山"。

天柱断了，后果很恐怖：

天空塌下一块，天幕上露出个黑乎乎的大窟窿，再也不能完整地覆盖和保护大地，天外令人恐惧的无名虚空侵入这个世界，而世间足以滋养万物的生生之气，也从窟窿中无情地泄漏出去；

大地四分五裂，巨大的缝隙和成片的塌陷吞噬（shì）着万物；东南方的地维断了，大地的东南方塌下一大块，地面的物体都向那里坠下去；熊熊大火没完没了地燃烧；汹涌的洪水卷起滔天巨浪；

一向活在边缘地带的猛兽和凶禽被这场变故驱赶着，纷纷离开了自己的藏身处，出来扑食人类……

情况危急，孱（chán）弱的人类面临着灭顶之灾。

大神女娲比谁都痛苦，人类是她创造的孩子，她得救他们呀！于是她走遍天下，采集到了五种色彩的石头，用神力将它们炼化为熔浆。熔浆非常烫，可是女娲不在乎，她用手托着熔浆飞上天，将它们抹开了，糊住了天幕上的破洞。

　　从此，五色熔浆永远地留在了天上，化作了今天我们看到的美丽彩霞。只是，补过的天空毕竟与最初的天空有了差别——西北的天柱短了一截，天空变得有点倾斜了，日月星辰便都往西边落去。

　　为了防止天塌的事故再次发生，女娲又抓住一只巨大无比的乌龟，斩下它的四只脚支在大地的四方，为天地间新增了四根天柱。她又杀掉了趁乱跑出来为祸的猛兽、凶禽，还把芦草烧成灰，堵住了滔滔洪水，让大地重新获得平静。

　　但经过这次灾变，大地最终没有完全恢复原貌，东南方塌陷下的地面再也填不平。所以天下的河湖尘埃便都往东南而去，在那里形成了浩渺的深壑。

　　一切终于恢复了秩序，女娲大神凭一己之力拯救了世界。由于她的盖世功绩，后世的人又尊称她为"娲皇"。

　　人们为了牢记女娲的功劳，传下了"天穿节"。在这一天，人们要把煎饼等物品扔到屋顶上，模拟女神当年补天穿的伟大事迹。同时，人们还会祈求今年风调雨顺，天不要再穿一次，不要降下难测的灾祸来。

　　现在问一个有趣的问题：当年女娲补天所用的石头，有没有剩下的呢？

　　当然有啦。据说有座叫作归美的山，就是补天的剩石化成的。归美山的山石红彤彤的，上面有着极其美丽的五彩花纹。而且，大风大雨后，如果你仔细听的话，还能听到山中传来演奏管弦乐器的声音，那大概是献给女娲大神的祀（sì）曲吧。

　　除此之外，还有几块更加著名的补天余石：一块里面诞生出了《西

游记》里的美猴王孙悟空,一块里面诞生出了《封神演义》里的石矶娘娘,一块化成了《红楼梦》里贾宝玉那块通灵宝玉……

看来,女娲大神的神威真是太大了,千万年后还在影响着我们的精神生活。

天体神的故事

宇宙创造出来之后，天上出现了日月星辰等天体和代表它们的神祇。关于这些天体神，有什么故事流传下来呢？

太阳女神羲和

东夷族的太阳神是一位伟大的女神,名叫羲(xī)和,她生下了十个太阳儿子。

你可能会问:前面不是说,太阳和月亮都是由开辟巨神盘古的眼睛变成的吗?为什么现在又说它们是女神羲和生下的呢?

是这样的:在中国广袤(mào)的土地上,上古时代有过很多部落和氏族——像炎黄族、东夷族等等,他们各自有不同的神话流传下来。比如关于日月神的来历,说法就不一样。不过,后来这些不同的部族融合成了一个大的华夏族(汉族的前身),所以各部族的神,也就慢慢成了华夏族共同的神了。再后来,华夏族又与更多的部族进行交流与融合,形成更广义的民族和文化概念。现在我们"中华民族"的"华"字,就是从"华夏"来的。

羲和的国度在东海之外的"甘渊"之中。甘,就是甜的意思;渊,就是深深的水潭。想来,这一定是个非常美丽怡人的妙境。羲和在甘渊中生下了十个太阳。

这十个太阳的精魂是十只鸟:模样有点像乌鸦,但羽毛金光闪闪,而且每只鸟都有三条腿。人们管这种太阳鸟叫作"三足乌",又叫作"金乌"。

刚生下来的小金乌,想必有点脏、有点暗,羲和就将他们泡到泉水中洗澡。有人说,羲和给太阳洗澡的地方,在东方黑齿国以北那棵几千丈高的扶桑巨树下,叫作"汤谷",汤就是热水的意思。也写成

羲和给太阳儿子洗澡（《山海经存》）

"旸（yáng）谷""阳谷"，就是太阳居住的山谷。还有人说太阳洗澡的地方叫作"咸池"。总而言之都在东方就是了。

洗干净了的太阳鸟变得漂漂亮亮、精神抖擞。他们扇动着金色的羽毛，奋力发出万丈光芒，变成了一个个让人无法直视的大火球。

羲和女神生下太阳，是为了给天下万物送去温暖，也是为了通过太阳定期的升起、落下建立起万物运行、活动的规律，帮助人们确定时间，以便根据历法进行生产和工作。于是她给十个太阳孩子排了班，每人一天，轮流在天空上当值。我们现在管"一天"又叫"一日"，就是这么来的。

十个太阳轮一圈，就是十天，也就是一旬；十个太阳轮三圈，就是三旬，也就是一个月。这样，人们只要记住太阳出来了几次，就知道日子过去了几天。当所有的太阳都出现过三次，就表明一个月过去了。三个月是一个季节，四个季节过完，春夏秋冬全部经历一遍，一年就过去了。

就这样，有了太阳的运行，世间就有了历法。

刚才我们说到，羲和女神虽然有十个太阳儿子，可是每天出去当班的只有一个，那么剩下的九个怎么办呢？不用担心，羲和女神是很善于管理他们的。

在东方黑齿国以北有一棵扶桑树，树身高达几千丈，羲和将不当班的九个太阳都安排到树上去玩耍。别忘了，太阳们原本是金乌，鸟最喜欢待在什么地方？当然是树上了！而且，也只有这样的巨树，才容纳得下九个太阳的庞大身躯。太阳鸟在扶桑巨树上玩累了，还可以去下方的汤谷中休息。

羲和女神一天最重要的工作，就是带着其中一个太阳儿子在天上跑一圈，让世间经历一遍从清晨到黄昏的过程。现在来说说她是怎么做的吧：

每天早上，当值的那个孩子从深谷出来，羲和给他洗过澡，带他登上由六条螭（chī）龙所牵拉的华丽天车。羲和亲自驾车，沿着天空的穹顶奔跑起来，白昼的时刻由此开始划分了。

当六龙太阳车拂过扶桑巨树的树枝时，叫作"晨明"；当太阳车升到扶桑顶上时，叫作"朏（fěi）明"（天刚亮）；行驶到曲阿时，叫作"旦明"；行驶到曾泉时，叫作"蚤（zǎo）食"——大家可以吃早饭了……羲和驾驶的六龙太阳车每行经一个重要的地方，就会对应一个重要的时刻。到达悲泉时，羲和会停下龙车，这

个时刻叫作"悬（xuán）车"，白天已经快过完了，这是太阳停留在天空的最后一段时光。这时候，地上的人们还能看到太阳，天还是亮的，但光线已经减弱了很多。接着，六龙太阳车到达虞（yú）渊（yuān），这就是"黄昏"——太阳已经看不见了，但晚霞的余光还在天上，世间的光线是昏黄的。等太阳车到达蒙（méng）谷，就是"定昏"，这个时候天就黑了。

接下来控制天空的时间交给了月亮女神常羲。羲和就带着她的孩子，快速地、悄悄地通过地水回到汤谷去。因为明天还要带着另一个孩子从东方出发值班，不回去可不行。

人们对羲和女神是十分崇敬的，管她叫"东母"或者"羲和老母"。至今，在我国山东日照等地方还有羲和老母庙，人们在那里祭祀（jì sì）着慈爱、辛劳的太阳女神羲和。

除了女神羲和，上古还有一位著名的男神东君，他是古楚国的太阳神。东君的意思就是东方的神君——因为太阳每天是从东方升起的嘛。

巨树扶桑与若木

太阳每天从东方出发,到西方歇脚,在大地的东、西两方,分别有两棵巨树与他们的活动有关。这两棵树分别叫作扶桑和若木。人们管扶桑叫作"日出之所",管若木叫作"日入之所"。

扶桑巨树矗立在大地的极东方,黑齿国以北、汤谷的深渊中,树身高达几千丈,树身合围起来有两千多丈。它枝条茁壮,往上直通天空;树根盘曲,往下能抵达地底的三泉。它原本是两株同根并生的超级大桑树,时间长了,长成了一体。两株巨树的枝叶相互交叉支撑着,就好像两个巨人伸出手臂互相扶持一样,所以叫作"扶桑",又写成扶木、榑(fú)桑。

扶桑的叶子是红色的,叶片数量稀少但巨大,每片叶子都有一丈长。扶桑每九千年一结果,结出的桑葚每颗能达到三尺五寸那么大的个头。仙人们吃了扶桑树的桑葚,全身都金光闪闪的,可以在空中恣意飞翔。

扶桑是太阳栖息和预备出工的地方。前面说过,羲和女神有十个太阳孩子,他们常常一起在扶桑树上玩耍、止息。每天早晨,太阳从汤谷中出来,在咸池里洗过澡,便跳上扶桑树最低的那根树枝,等待乘坐妈妈羲和女神驾驶的六龙之车,开始在天穹上的奔驰之旅。

在大地的极西方,昆仑山的西面,黑水与青水之间,大荒的灰野之山上,有一棵巨大的红树,叫作若木,它是若水的发源地。若木的叶子

山东武梁祠东汉画像石上的扶桑树。画面上，羲和正要把她的龙马挂到太阳车上，大羿张弓瞄准金乌（太阳神鸟）

是青色的，花是红色的。远远看去，若木红红的光芒笼照着大地，令周遭的一切流光溢彩，景象十分壮美。

若木为什么会有这样奇异的光芒呢？我们还是要回到太阳每日在天穹上的轨迹来说。当羲和驾驶的六龙车大致来到西方的虞渊、蒙谷一带，人间就到了日暮时分。太阳会在若木上最后停留一段时间，人们远远看到若木红光照地的景象，就是太阳的光芒造成的。

据说，有时候，十个太阳都会来到若木上，静静地挂在若木的树枝末端，就像一朵朵莲花般灿烂夺目，美丽不可方物。

大羿射下九个太阳

天上原本有十个太阳,可是为什么现在只剩下一个了呢?这里头有个故事。

原本,在羲和女神的管理下,太阳都是轮流值班的,每天只有一只金乌出现在天上。可是这些金乌毕竟是孩子,总忍不住会淘气。有一天,趁着妈妈没留意,他们一起跑到天上去了。

天哪,十个太阳一起出来,地上的万物怎么受得了呢?庄稼草木全部枯焦,河流、井水也快干掉了,人民没有吃的、喝的,纷纷晒死、饿死、渴死了。人们将一个叫女丑的女巫抬到太阳下暴晒,以此来求雨。可是,直到可怜的女丑被晒焦了悲惨地死去,还是半点用也没有。

受到十日并出的影响,地上一些可怕的怪兽也跑出来为害:比如,叫声像婴儿啼哭、喜欢吃人的人头牛身马蹄兽"猰貐"(yà yǔ);长着五六尺长像凿子一样锋利牙齿的人形怪"凿齿";能喷水火的九头怪"九婴";一拍翅膀就能刮大风毁坏房屋的巨鸟"大风";老在烂泥潭中打滚、会吃人毁庄稼的大野猪"封豨"(xī);能一口吞掉大象的巨蟒"修蛇"……

天上地下的祸害一起来,人民实在受不了了,纷纷向当时的天帝帝俊哀告。

帝俊听到人民的吁请,就叫来了手下的一个天神羿(yì)。

羿是神箭手,性格很刚直,非常喜欢打抱不平。天帝赐给羿一张红色的神弓,一袋白色的羽箭,让他到下界去解决人们的困难。

强壮的羿射落太阳鸟
（四库本《钦定补绘萧云从离骚全图》）

羿和妻子嫦娥一起到了下界。看到人间种种惨状之后，羿决心凭自己的神力为人民解除痛苦。灾祸这么多，先从哪里做起呢？他决定先拿最有地位的捣蛋者——羲和女神的太阳儿子们——开刀。

羿将红色的神弓拉满，将白色的羽箭搭在弦上，定心静气，稳稳地一连发出了九箭，每支箭都正中空中的一个太阳。

片片巨大的金色羽毛漫天飞舞，中了箭的九只三足金乌发出尖锐而惊恐的巨大嘶鸣声，像团团火球从天上急速坠落到地面，一只接一只死去了。

大地迅速地凉爽下来。浩渺的天宇中只剩下了最后一只被吓得浑身战栗的太阳鸟。羿还想一鼓作气,将最后那只三足乌也射下来。人们急忙说,太阳对我们是有恩德的,我们需要它的热量和光芒,就像以往那样,为我们保留一个太阳吧。

羿同意了人们的请求,放过最后一只金乌,转而去消灭了猰貐、凿齿那些怪物。因为他的这些功劳,人们尊敬地称他为"大羿",就是伟大的羿。

这个事件之后,天上便只剩下一个太阳,普照大地的职责由它独自承担,再也没有兄弟跟它轮值了。

谁也不知道,羲和女神一下子失去了九个儿子,心里会是怎样的悲痛。帝俊后来没有奖赏大羿的功劳,反而将他和嫦娥贬下凡间,大概也与此有关吧。

有人说,被羿射落的那九个太阳坠落到了东海中,成了沃焦,又叫尾闾(lǚ)。沃焦大概就是东海中的无底洞归墟的构成材料,也许它残余的热力太强了,再多的水灌进去也会被即刻吸收或者蒸发,所以东海永远也不会满。

月中仙子嫦娥

前面我们提到，羲和带着太阳儿子驾龙车到达西边天极之后，天空就交给月亮女神常羲来控制了。那么常羲女神是什么样的呢？

常羲女神是月亮之母，她在荒野中生下了十二个月亮女儿，这些月亮的本相是一只只银色的小蟾蜍（chán chú）。常羲给月亮们排班，让她们轮流去夜空当值，每只银蟾值班的时长就叫一个月。十二个月亮姐妹都值完班后，人们发现：大自然的温度、湿度、景色、动植物的状态等等，又回到了十二个月之前的样子。人们就把这样一个循环的周期定为一年——这就是我们现在一年有十二个月份的来历。

常羲"退休"之后，最著名的月神是月中仙子嫦娥。

嫦娥原本是神箭天神羿的妻子，也是一位天神。大羿为民除害之后，原本以为天帝帝俊会很高兴，没想到帝俊却非常生气，革除了大羿和嫦娥的神籍，将他们贬落为凡人。

嫦娥感到非常沮丧。她原本是永生的天神，无忧无虑，不会老、不会死，她可不愿意自己同凡人一样，不仅活着在世间受尽辛劳，死后还要到幽都去承受永恒黑暗的煎熬。

看着妻子成天愁眉不展的，大羿忽然想到，昆仑山上的西王母那里有长生不死药，如果自己去求了回来，不是就可以解决嫦娥的问题了吗。他便告别了嫦娥，历尽艰辛来到昆仑山，见到了西王母。

西王母很同情大羿的遭遇，将手中所剩的不死药全部拿出来给了他。西王母对大羿说："这些药，你们两个吃了可以长生不死；如果只给一个人吃，还可以升天成神。"

大羿将不死药带回家交给了嫦娥，嫦娥非常高兴。神药并不是随时都可以吃的，为了让神药发挥最大的效用，也是为了表达自己对上天的虔诚，他们准备找个好日子，沐浴更衣，再一起吃下去，从此快乐无忧地享受永生。

可是，合适的日子总也挑不出来，长生不死药放在那里，眼睁睁看着就是吃不到嘴里，真是让人着急啊。嫦娥一心想赶快改变自己的处境，西王母的药到底有没有用呢？越来越重的焦虑感让她再也不想等下去了。

有一天，大羿出门打猎，到天黑都没有回来。嫦娥忍不住将不死药拿出来，偷偷尝了尝。

嗯，感觉真不错！于是嫦娥吃了第二口，第三口，第四口……谁也不知道嫦娥心里是怎么想的，她完全忘记了跟丈夫的约定，把自己那份吃完之后，又继续吃下去，很快，将大羿那份不死药也吃光了。

这下嫦娥才意识到闯了大祸，可是一切为时已晚，她的身体不受控制地变轻了，一眨眼她已经飘在空中，向更高的天空飞去。她真的可以独自做回她的天神去了。

飘在半空的嫦娥，心里惊疑不定，无助地东张西望着。她该到哪里去呢？她背叛了自己的爱人，如果回到天神中间去，一定会受到他们的指责和嘲笑。

一转头，她看见了深黑的天空那轮凄冷的月亮，她知道那个地方没有神居住，便毫不犹豫地飞向了月宫。

从此以后，嫦娥就独自住在了月宫里。每当满月的时候，你留心向月亮里看，就能看见嫦娥的影子。她孤零零地站在一株巨大的桂花树下，默默望向人间。运气好的话，你还能看见她身边的小白兔，小白兔正拿个石杵，在不停地捣着不死药。

羿无助地看着妻子嫦娥飞向月宫
(*Myths & Legends of China*，1922)

  仙药的材料是从哪里来的？就来自月宫里的不死树。后来，人们将不死树传成了桂花树，说它有五百丈高。每年八月十五月亮最大最圆的时候，你会闻到特别浓烈的桂花香，那是因为天下的桂花受到月桂树的感召，都纷纷怒放了。

  又不知过了多少年，人间有个叫吴刚的人，修炼仙术的时候犯了过错，就被罚去砍这棵桂花树。可是月宫的桂花树是神树，斧子刚砍下去，树皮就愈合了。吴刚永远也无法砍倒它，就要永远这样砍下去，一直没有尽头。这真是一种让人绝望的惩罚啊。

夜空中的动物园

在我们头顶的夜空中有无数的星辰，也有许多代表它们的神兽或者星神。所以，我们的星空很热闹，像是一个闪闪发光的动物园。

先来说天空中的四大灵兽吧。简单地说，我国上古先民将天空黄道带附近的星星按照方位分成了四个部分，每个部分依其形状，用一种灵兽来指称，这就是：东方青龙、北方玄武、西方白虎、南方朱雀。这"四灵"又叫"四象"，或者"四神"。

每个灵兽包含七个"星宿"（xiù），四兽一共是二十八个星宿。每个星宿里又有若干"星官"，就是若干颗星星的小组合，大致相当于今天说的星座吧。我们所说的夜空中的动物园，就藏在这些星官、星宿乃至灵兽之中。

夜空中位于东方的七个星宿组成了一条青龙，又叫苍龙。这七个星宿的名称叫作：角、亢（kàng）、氐（dī）、房、心、尾、箕（jī），分别代表了龙的犄角、脖颈、心脏和尾巴等部位。其中，代表龙角的角宿还跟一句谚语有关。这句谚语叫作"二月二，龙抬头"，是说每年农历二月二日的黄昏，苍龙的角会从东方地平线上升起，这就预示着春天回归了，该播种了，所以下面还有句话："大仓满，小仓流"，意思是说如果不误农时抓紧下地干活，将来就会有丰饶的收获。

苍龙的最后一个星宿"箕宿"，我们在后面风神的故事里会专门讲到。

位于北方的七个星宿组成一只怪兽，叫作玄武，它是"蛇蟠（pán）

二十八星宿图

龟"（蛇缠着乌龟）的形象，显得很神秘。组成玄武的七个星宿是：斗、牛、女、虚、危、室、壁。其中"斗"与北斗星有关系，前面我们提到过的南楚日神东君曾经用天空中的大勺子舀桂花酒喝，他用的就是这个"斗"。

这个"斗"宿中还有"天鸡"星官，它是桃都山神鸡在星空的化身。据说，每天早晨它负责叫醒在扶桑树下睡觉的太阳，它一叫，天下所有的公鸡都会跟着啼叫，这样太阳出来了，天就亮了。后面我们在关于门神的故事中还会提到它。

此外，"斗"宿还有"狗国"星官和"狗"星官，它们是地下的狗和狗的国度在天上的化身。

除了"斗"宿，玄武里的"牛"宿和"女"宿也很有意思，它们与我们下面将要讲到的牛郎织女故事有关系。

位于西方的七个星宿组成了一头白虎。白虎七宿是：奎（kuí）、娄（lóu）、胃、昴（mǎo）、毕、觜（zī）、参（shēn）。其中参宿就是我们下面要讲到的爱打架的两个熊孩子之一。

位于南方的七个星宿组成了一只朱雀。朱雀可不是普通的鸟，而是象征太阳的火鸟，或者说前面提过的金乌，有些人会把它画成火凤凰的

在山东嘉祥县东汉时期的武梁祠中有一幅"斗为帝车图"的画像石,图中的北斗七星,由斗魁四星组成车舆,有一个帝王形象的人端坐在斗勺之中,斗柄三星组成车辕。这辆车没有车轮,它是腾云驾雾而行的模样。组成朱雀的七个星宿是:井、鬼、柳、星、张、翼、轸。南楚日神东君曾经举起弧矢(弓箭)射天狼,这里的"天狼"和"弧矢",都是井宿所包含的星官。

除了"动物",夜空中还有代表黄帝的"轩辕"星,代表西方天帝的太白金星,掌管读书人命运的文曲星,掌管军人命运的武曲星,深受人们喜爱的福星、禄星和寿星等等。那么,你知道代表最高天帝(太帝、太一神)的星星是哪一颗吗?

它就是星辰的王者——北极星。

夜空中所有的星辰都围绕着北极星旋转,代表天后、帝子、辅臣、侍卫,乃至厨师、马夫等等的群星,都护卫和陪伴在它的周围。人们用隆重而严肃的仪式来祭奉它,将它附近的一大片区域称为"紫微垣"——天帝的宫殿就在那里。

后来,人们也将北极星与人间帝王对应起来,用某年某月某日紫微垣中发生的天象,来解释当时人间帝王乃至整个国家的命运。

你曾听说过有人会在晚上对着天空拜星星吗?那就是古老的祭星礼仪在后世的遗留。如果你有什么愿望,也不妨对着北极星说说,这可比对着一颗流星许愿来得"高级"多了,不是吗?

爱打架的熊孩子变成星星

在夜空众多的星神中,有两颗特殊的星星,一颗叫作参(shēn)星,一颗叫作商星。这两颗星星原本是两兄弟,可是他们最后竟然闹到了永远都不想再见对方一面的地步。这是怎么回事呢?

传说,大天神帝喾(kù)(我们后面会具体讲他的故事)有两个儿子,一个叫作阏(è)伯,一个叫作实沈(chén)。两兄弟一同居住在空旷的树林中。他们的性格都非常要强,每天都会找出各种各样的借口来动手打架,没有一天闲下来过。更可怕的是,他们哪里是打架,简直是打仗!他们用上了戈、矛和盾牌这样的武器,就像是两个打红了眼的仇人一般,每次不分出个胜负、不将一人打趴在地下起不来,就决不会罢休。

作为他们的父亲,大天神帝喾对于两兄弟这种好勇斗狠的脾性感到头痛极了。天底下有哪个当爹妈的不希望自己的孩子们相亲相爱、和睦相处呢?俗话说手心手背都是肉,看着他们彼此斗得血肉模糊、你死我活,就算是能力超凡的天神,也会感到十分悲伤。后世有句话,"本是同根生,相煎(jiān)何太急",就是在悲叹亲兄弟之间何必如此残酷地进行斗争。

到底怎样才能制止这两个熊孩子继续胡来呢?

帝喾下定决心,将兄弟俩远远地分开,再也不要见面。他将阏伯迁到东边的商丘,做了商星,又叫辰星;他将实沈迁到西边

的大夏，做了参（shēn）星。阏伯和实沈，就分别是商星神和参星神了。

现在我们来看看，为什么这样一来两兄弟就再也见不着面呢？

这是因为他们在天幕上出现的时间和地点恰好是错开的。每天，商星（辰星）总是在卯（mǎo）时（凌晨五点到七点）出现在东方，而参星总是在酉（yǒu）时（黄昏五点到七点）出现在西方。一个早一个晚，一个东一个西，当其中一个出现时，另一个肯定已经从天空消失了。这就意味着，他俩决不会同时在天幕上现身，也就永远不会碰面。这样一来，帝喾的目的也就达到了。人们把这两颗星星如此出没的现象叫作"参辰卯酉"。后来，唐代诗人杜甫有句诗，"人生不相见，动如参与商"，感叹的就是这种亲友间难得相聚的情况。

不过，分开之后的阏伯、实沈两兄弟，倒是从此都有了不错的结局。

商星神阏伯的子孙在商丘（属于今天的河南省）这个地方繁衍（yǎn）了下去，商星成了古代河南人的守护星辰。留下了大名鼎鼎的甲骨文的商朝，就是阏伯的后裔创建的。今天在商丘这个地方，还留存着一处名为"阏伯台"的古代遗址，表达着人们对阏伯的纪念。

而参星神实沈的子孙呢，就在大夏（属于今天的山西省）这个地方繁衍了下去。古代山西人都祭拜参星，就是因为他们以实沈为始祖。

银河是怎么来的

在苍茫的夜空中,横亘着一条闪闪发光的银河,那是巨大的星辰之河,每一道波浪都是一颗星星的光芒。你知道它是怎么来的吗?

这得从一个遥远的故事说起。

古早古早以前,天宫里有位神女叫作织女。她每天的工作就是不停地在天宫的织布机旁穿投梭子,织出美丽的五彩锦缎来。这些五彩锦缎可不是用来做衣裳的,当有需要的时候,天帝会命人将它们铺展到天上,在地面的人们眼中,这就是美丽的云霞了。

日复一日,年复一年,织女单调地重复着这件工作,得不到休息。她既辛苦,又孤独,也没有什么机会去享受生活里的乐趣。

在人间,有个穷苦的小伙子叫作牛郎。他很小的时候爹娘就去世了,只能跟着哥哥嫂子过活,哥哥嫂子待他很刻薄。牛郎从小与一头老牛为伴,带它去吃草,或者在它的帮助下干农活。长大后,哥哥嫂子跟他分了家,打发他带着老牛搬了出去。老牛老了,却非常通人性。有了老牛的帮助,牛郎自己耕种自己吃,日子勉强过了下去。

一天天,一年年,牛郎长成了大小伙儿,不过他一直都很穷,虽然成了年,却始终娶不起媳妇,也真是发愁。

有一天,老牛突然开口说话了:"牛郎啊,天上的几个仙女

老牛开口对牛郎说话（《牛郎织女》连环画　墨浪 绘）

下凡来到了咱们这个地界，正在那边的河里戏水呢，你快去偷偷藏起其中一个的衣裳！"牛郎听了，赶忙悄悄走到河边。他发现在河边的一棵大树上，挂着几件人间从来不曾见过的美丽仙衣。再往河中看，几个人间从来不曾见过的美丽女子，正在水里玩闹嬉戏，笑声响成了一片。

牛郎爱上了身材最娇小的那个仙女，偷偷藏起了最小的那件仙衣，自己也躲在树后。过了一会儿，仙女们玩够了从水中出来，纷纷披上仙衣飞回了天上。最娇小的那个仙女找不到自己的衣裳，眼看着姐妹们都回去了，急得在树下团团转。

牛郎空着手从树后走出来，鼓起勇气跟仙女打招呼，问她是谁，发生了什么事。原来，这位仙女就是织女，她和姐妹们趁着织锦的闲暇下凡来享受自由和休闲，原本到点就必须返回天庭，

牛郎在河边看见织女和其他几位仙姑在水中嬉戏（《牛郎织女》连环画 墨浪 绘）

回去晚了会受罚，可是现在仙衣不见了，她回不去了。

牛郎在心里犹豫了片刻，他不愿意看着织女着急，不愿意织女受罚，可是，他又的确很喜欢织女。思来想去，他拿出仙衣，原原本本告诉了织女事情的原委，又说道："我非常喜欢你。我想，既然已经晚了，你不如索性留在凡间，咱们成亲，一起过日子吧！"

织女见了仙衣，对牛郎的戒心消除了。天庭的生活是那么枯燥乏味，她发现，短短一番交谈之中，她已经喜欢上了这个诚实、真挚的小伙子。于是，她答应了他的请求，跟着牛郎回家成了亲，过起了男耕女织的生活。那件仙衣就收起来不穿了。

一晃好几年过去了，在织女的精心操持下，在牛郎和老牛的辛苦耕作下，小两口的日子过得越来越红火，还添了一双儿女。

牛郎和织女过着男耕女织的幸福生活(《牛郎织女》连环画 墨浪 绘)

天上一日,人间一年。有一天,天庭中地位最高的女神王母娘娘(我们后面会具体讲她的故事)发现织女不见了。她施展神通,查到织女原来在人间跟一个叫作牛郎的小伙儿结了婚,不由大怒。仙女怎么能够跟凡人结婚呢?何况,这件事根本没有得到她的允许!

王母娘娘派了天兵天将下来捉拿织女,半空中乌云滚滚,雷声隆隆,牛郎的小茅屋外狂风大作,架势十分可怕。收起来的仙衣自动穿到了织女身上,织女身不由己向天上飞去,只能悲苦地向丈夫喊道:"牛郎,永别了!"

天兵天将抓着织女很快就没了踪影,牛郎大声呼喊哀求,嗓子都快喊哑了,泪水都快流干了。这时,老牛再次开口说了话:"牛郎,快,剥下我的皮披在身上,带着两个孩子去追织女!"

牛郎担着儿女追赶被天兵天将抓走的织女（《牛郎织女》连环画　墨浪　绘）

牛郎惊愕地看着老牛："你是我从小的伙伴，我怎么能够杀了你呢？！"老牛摇摇头："没关系，只有我的皮具有上天的神力。快点，再晚就来不及了！"说完，老牛就倒在地下死去了，只剩一滴慈爱的眼泪挂在眼角。

牛郎没有办法，立刻找来扁担箩筐，将两个孩子一边一个放进去。他飞快地剥了牛皮披在身上，只觉得身子一轻，立刻就飞上了天。

老牛皮果然具有神奇的力量，追了没多久，牛郎就远远看见了织女和天兵天将的背影。他急忙加把劲儿，更快地向前飞奔而去。

半空中的这些动静都没有逃过九重天上的王母娘娘的眼睛，她怎能容忍这种公然违反天规、挑战天庭权威的事情发生呢？眼

王母娘娘拔下玉簪划出银河（《牛郎织女》连环画　墨浪 绘）

看着牛郎和两个孩子很快就要追上织女，她大光其火，急忙拔下自己头发上的玉簪，在织女的身后一划。

霎时间，织女身后出现了一条波涛滚滚的大河，每朵浪花、每滴河水都是一颗星星，闪烁着耀眼的光芒。这就是我们现在看到的银河，又叫天河。

追到银河边的牛郎被宽阔的河水挡住了脚步，即便老牛皮的神力也无法帮助他了。牛郎看着妻子遥远的身影，绝望得捶胸顿足。两个孩子也向着对岸哭喊："妈妈！妈妈！"

银河就这样将牛郎织女一家四口分隔开来。夏天的夜晚，你留神向银河两岸看，就能看到河的一侧有颗很亮的星星，那就是织女星。而在银河的对岸有颗亮星，那是牵牛星，有人说他就是

无数的喜鹊搭起"鹊桥"(《牛郎织女》连环画　墨浪 绘)

牛郎,也有人说那是牛郎牵着的老牛。在牵牛星附近还有两颗小星星,那就是他们一双幼小的儿女。

　　银河将牛郎织女分开了不知有多少年,后来,也许是众神仙求情,也许王母娘娘觉得可以适当减轻惩罚了,就特许他们在每年七月初七的晚上见一面。这个晚上,就叫作"七夕"。到了那时,无数的喜鹊会聚集在银河上空,用它们的身体搭起一座拱桥,这就是"鹊桥"。牛郎和织女从银河两岸走到鹊桥的中央见面,尽情诉说一年以来的思念。如果你留神那个时候的喜鹊,会发现它们脑袋上没有多少毛,叫作"秃头喜鹊",据说就是被织女和牛郎的脚踩秃的。

气象神的故事

在我国的神话世界中,打雷、闪电、刮风、下雨、飘雪、飞云之类的气象现象,都是由不同的神来司掌的。

威风八面的雷部诸神

雷神长着人的头、龙的身子,居住在中央之国一个面积广大、风景秀美的大沼泽(zhǎo zé)地——"雷泽"中。他有时候藏在水里,有时候飞在天上,有时候又出来到沼泽各处走一走。

雷神是怎么打雷的呢?原来,当他吃饱了无所事事地躺在雷泽里休息时,常常会使劲拍打自己的肚子,就像今天我们人类吃饱了会拍肚子玩一样。这个拍肚子的声音,在雷神自己听来可能刚刚合适,就像鼓点一样美妙,可是在天下的人类和其他动物听起来,那就是一阵阵"轰隆隆"的可怕雷声了。甚至,哪怕他并没有拍打,而只是一起一伏地鼓动肚子玩,也会造成一连串低沉的闷雷。如果他生起气来使劲地拍打自己的肚子,那就是惊天动地的巨雷了。

最初雷神是一个地位很高的自然神,不仅掌管雷霆、闪电,而且还管着许多别的神、别的事,相当于一个首领。后来雷神变成了一个专门神,不仅与电神分开,而且不管那么多事了。

作为普通气象神的雷神是半人半兽之躯,你要是拿他当一种神兽看,也是可以的。后来,这位雷神(雷兽)可是倒了大霉了。

黄帝在跟蚩尤打仗的时候,久战不胜。为了用最响的鼓声来鼓舞自己军队的士气,黄帝挖空心思制作了一面神鼓:他派人到东海中的流波山上,抓来了怪兽"夔"(kuí)。夔长得像牛的模样,身体是苍青色的,头上没有犄角,而且身上只有一只脚。夔在海波里出入的时候,发出的声音像雷鸣一样响亮。黄帝正是看中了它的这一特点,命人将它的皮剥

雷神(《山海经存》)

夔(《山海经图》)

下来,绷成了一个巨鼓的鼓面。可以想象,这样的夔皮鼓面发出的声音自然非同凡响了。

鼓面有了,用什么做鼓槌才配得上它呢?黄帝脑子一转,想到了雷泽里的雷兽。黄帝可不管雷兽是资历多么老的古神,照样不客气地将他抓了来,抽出他的大腿骨,做成了一对巨大的鼓槌(chuí)。想想看,用雷神的大腿骨做成的鼓槌,那是怎样独一无二的敲打工具啊!

就这么着,雷神大腿骨鼓槌敲打在夔皮神鼓的鼓面上,发出了震天动地的声响,把蚩尤部队的兵士吓得魂(hún)飞魄(pò)散,完全丧失了战斗力。黄帝指挥着自己的军队乘胜追击,很快就打败了蚩尤的部队,取得了战争的最终胜利。只是可怜了雷兽,为了这场战争,献出了自己的生命。

雷神(*Myths of China and Japan*, 1923)

关于黄帝与蚩尤的战争，我们后面还会讲到。

雷兽死掉了，中国还有没有雷神呢？有的，总得有神来负责打雷啊。

后来中国的雷神又叫作"雷师""雷公"，脑袋像猴子，嘴巴尖尖的，身子上有鳞片，背后还有一对翅膀，整体上来说嘛，嗯，有点像鸡。也有的记载说，后来负责打雷的是"雷部"，是一个神鬼混合的部门。雷部除了领头的雷公，还有一套人马，比如负责打出各种不同大小雷的雷一、雷二、雷三、雷四、雷五诸兄弟，还有负责牵拉雷车的女孩子阿香，管理雷火的欻（xū）火、谢仙，雷神的信使斫木（啄木鸟）等等，雷神家族可真是威风八面啊。明朝著名的神魔小说《封神演义》里面有个"雷震子"，他的形象就是根据雷公创造的。

在雷公之外，后来有了一个专门的闪电之神叫作"电母"，又称作"闪电娘娘"，她与雷公配成了一对夫妻，雷不离电，电不离雷。闪电娘娘双手各拿着一面镜子，两面镜子相对发力，便会产生出炫目的闪电。

古代典籍中的雷公、电母形象

一大溜管下雨的神

我们中国是个农业大国，对于古代靠天吃饭的农民来说，保证雨水适量、及时，是一件特别了不得的大事。如果长时间不下雨，地里的庄稼就会枯死，大家就会饿肚子。那么司掌下雨这件事的，就是雨神。

中国的雨神并不只有一个，而是有一群。这是因为中国的历史很长、地盘也很大，在不同的时期、不同的地方，下雨这件事由不同的神来负责，实在是很正常的。

有位雨神叫玄冥（xuán míng），也叫禺（yú）强。他是北方黑色天帝颛顼（zhuān xū）的属神（也就是下级神），长着人的脸和鸟的身子，两只耳朵上各挂着一条青蛇当耳环装饰，两只脚还各踏着一条红蛇，手里拿着秤砣（chèng tuó）。他的故事我们后面会具体讲。

还有位雨神（又称为雨师）是西方天上的一个星宿，叫作毕宿。他老是跟风伯一块儿出现，因为风伯是东方天空的另一个星宿，叫作箕（jī）宿。毕宿和箕宿是天上的好搭档，有个词叫作"风雨交加"，说的就是他们俩一起出来施展法力的情形。黄帝跟蚩尤打仗的时候，雨师是蚩尤那边的战将。在蚩尤的指挥下，雨师跟风伯联手兴风作雨，把黄帝的部队吹得站立不稳、淋得几乎没有还手之力。

又比如一个叫"妾"（qiè）的神，他也是一个雨师，有时候人们就管他叫"雨师妾"。据说他居住在女神羲和给太阳儿子们洗澡的那个汤谷的北边。妾的皮肤黑黑的，两只耳朵上都挂着蛇，两只手上还各拿一条蛇。这副模样，跟上面说的雨神玄冥（禺强）很相像嘛，说不定他们

风伯（汉画像石，山东嘉祥武氏祠）

雨师（汉画像石，江苏徐州铜山）

俩还是亲戚呢。

还有个叫作赤松子的仙人，他是神农时期的雨师。由于他掌管着雨水，水能克火，所以他可以自由地进出火里，一点儿都不会被烧到。

比较特殊的是一个叫"屏翳"（píng yì）的神，一般认为他是雨师，也有的书里说他是风神或者云神，甚至还有说他是雷神的，反正神话传来传去，难免传走了样。不过总之，他的职司听起来都跟下雨有关系。

作为雨神的龙

在前面讲的那些司雨的神之外，后来我们最熟悉的一类司雨的神，是龙。

应龙大概是最早的一位负责下雨的龙形神兽。它的寿命在千年以上，脊背上长了一对十分宽大的翅膀。在黄帝与蚩尤的战争中，它是黄帝那边的战将，负责对抗蚩尤那边的雨师和风伯。应龙特别擅长蓄（xù）水，他用神力将大量的水储存在天上成为乌云，等到需要的时候洒下来，就成了大雨。不过，应龙的神力没有风伯雨师联合起来强大，双方斗法的时候，风伯雨师压制住了应龙的雨势，大雨都冲着黄帝那边泼洒下去，黄帝的部队就倒了大霉。

战争结束以后，也许是黄帝责备它没有立功，也许因为与风伯雨师斗法时耗费了太多神力，应龙再也回不到天上去了，只得在南方留了下来。到今天我国的南方地区仍旧多雨，人们说，这就是因为应龙在那里长期居住的缘故。

一开始，龙的地位在神兽中并没有那么显赫，所以龙作为雨神的职责并没有得到强调。后来，在中外文化的碰撞下，人们对龙的崇拜逐渐上升，人间的皇帝还把龙封为了王。于是渐渐地，东南西北四海龙王出现了，专门负责兴风布雨，调剂人间的水量。如果你听过"哪吒（né zha）闹海"的故事，你大概记得：哪吒招惹了东海龙王，搞得四海龙王一起大怒，扬言要发大水淹了陈塘关，将当地的老百姓全部淹死。面对这种死亡威胁，为了拯救老百姓的生命，哪吒就自杀了。可见，龙王在兴雨方面的能量有多么强大。

　　再往后，人们对于龙与水的关联越来越明确，凡是有大水的地方都有了龙，就连那些古老的井里，说不定也有一条井龙呢。于是江河湖海，到处都有了属于自己的龙王，只不过有的大、有的小而已。每逢天旱的时候，人们就要抬着牛啊、猪啊、羊啊各种祭品，去祭祀当地的龙王，求他快快下雨，不要让庄稼渴死。如果求来求去龙王不理睬，人们甚至还会献出童男童女给他呢——唉，这样的祭祀方法，也未免太残忍了！

　　今天我们国家还留存着不少龙王庙。如果你出门旅游的时候碰巧参观过龙王庙，你也许注意到了那里面供奉着的威风凛凛的老龙王像。这大概就是老百姓心目中现任雨神的"真容"吧。

应龙（《山海经》明代绘图本）

风神箕伯、飞廉和其他

风对于古代人的生产生活影响很大：农民需要风来为庄稼授粉，可是又担心大风吹倒了庄稼；渔民害怕风急浪大无法撒网；搞水上运输的人希望得到顺风帮助行船；打仗的将士更祈求战场上的风向对自己有利……所以，我们国家很早就有对风神的崇拜习俗了。

风神和雨神经常一块儿出现，雨师（雨神）是天上的毕宿，风伯（风神）则是天上的另一个星宿，叫作箕宿。前面我们说过，我国古人将黄道附近的星星分成二十八组，每组就称为一"宿"。毕宿和箕宿，就是二十八个星宿之中的两个。

箕宿这个名字听上去有点奇怪，它是怎么来的呢？原来，箕宿的几颗星星，组成了一个四边形，模样很像一只簸箕（bò ji），所以人们就叫它箕星、箕宿。

那么，簸箕又怎么与风扯上了关系呢？

这是因为，古时候，人们经常使用箕斗这样的工具来筛簸粮食，以便让谷物之类的壳与肉分离。在箕斗一上一下的簸扬中，就产生了风气——就好像你用扇子上下扇动会感到有风一样，所以古人认为，形状像簸箕的这个星宿，就代表主管风的天神，风就是从那里产生的。人们管箕星之神叫作箕伯、风伯。

无论是生产生活中，还是战争中，风雨之神经常相伴出现。前面说过，蚩尤和黄帝打仗的时候，蚩尤就专门请了风伯和雨师去联手对付黄帝那边的雨神应龙。后来到了商朝末年，周武王姬发起兵讨伐残暴的商

常州南郊戚家村发掘的南朝墓葬中的"飞廉"画像砖

纣王时,也请了包括风伯、雨师在内的许多天神来帮忙,并最终取得了胜利。

古楚国的传说里记载了另一个风神,叫作飞廉。飞廉长了一副神兽的模样:鸟的头,头上有角,还有鹿的身子、蛇的尾巴,以及豹子的花纹。从这么奇异的长相上,你可以知道他的本事一定也是很神奇的。

此外,尧帝的时候,有个叫"大风"的神兽,据说也是风神。它常常刮起大风毁坏人们的房屋,后来被神箭天神大羿给杀死了。"大风"就是"大凤",是属于凤凰一类的大鸟。大风拍翅飞翔的时候会扇起很大的风,这一点与箕斗簸扬会起风的道理一样。它是飞禽,这又与飞廉所拥有的鸟脑袋相同。看来,这些风神们之间,多少都有些关联。

除了箕伯、飞廉和大风,我们还有一些别的司风之神。

甲骨文、《山海经》和《淮南子》等文献里记载了东、东南、南、

《山海经》中极南之地的风神因因乎

《山海经》中西北之地的风神石夷

西南、西、西北、北、东北八个方向的风的名字。司掌八方之风的，是不同的风神。比如，身处极东之地的风神，叫作"折丹"；身处西北之地的风神，叫作"石夷"；而身处极南之地的风神，名叫"因因乎"。等等。当然，不同书中记下来的各方风神的名字可能与此不同，这里就不多说了。

还有的书里记载，风神的名字叫作"巽（xùn）二"，这个"巽"是八卦中风的代表，画作"☴"。我们后面还会提到与他相关的故事。

其实，能够兴风的神不少，并不一定非得是专职的风神。比如前面提到过北方天帝颛顼的属神玄冥，他就是个身兼风神、雨神、海神等职责于一身的神。还有前面提到过的东海流波山上那个长得像牛却只有一只脚的怪兽"夔"，它每次进出也一定会兴风作雨的。

封十八姨发脾气了

问一个有趣的问题：风神到底是男神还是女神呢？

既然通常叫作"风伯"，好像应该是男神，对吧？可是古人又说"风伯名姨"。这说明在某些时代，风神这个职司是由女神担任的。到了后来，男神多起来了，风神也就跟着改变了性别。"姨"这个名儿，就像上古传说的尾巴，给我们埋下了探究的线索。如果你在书中看到风神又叫"风姨""封姨"等说法，就不必感到惊讶了。

所以说，既有男风神，也有女风神。现在，我们讲一个女风神的故事吧。

唐朝的时候有个叫崔玄微的人，年轻潇洒，很喜欢到处游玩。在一个月光迷人的春夜，崔玄微来到一个花园，遇到几个美丽的女孩子正坐在一起喝酒、闲聊。这些女孩子都很漂亮，穿着五颜六色的衣裳。她们的性格也很活泼，见了崔玄微一点也不避生，反而招呼着他一起入座。

崔玄微当然很高兴地答应了。唐朝的时候社会风气比较开放，所以他也没有去想：这么晚了，为什么会有几个女孩子不回家，还在外面闹呢。他大方地加入到她们中间，问了她们的姓氏。原来，这些姑娘里有个姓杨，有个姓李，有个姓陶，有个姓石，还有一个叫作封十八姨。

席间大家兴致都很高，说说笑笑的，讲一些天下的奇闻，或者身边的趣事。没想到聊着聊着，石家姑娘一句话不小心把封十八姨给得罪了。封十八姨脾气很大，听了她的话脸一沉，手一抬，故意将席上的酒盏打翻，弄脏了石家姑娘的红衣裳，然后气哼哼地起身离去。大家见了这个样子，再也没有玩下去的兴致，只得不欢而散。

第二天晚上，崔玄微惦记着那些女孩子，便又到那个花园去寻访。他看到女孩子们果然还聚在一起，只有封十八姨没有来。崔玄微问她们是怎么回事，她们含含糊糊地说，她们都住在这个园子里，经常被恶风袭扰，平时都要靠封十八姨庇护，石家姑娘惹得封十八姨不高兴，恐怕今后她们就会倒霉了。崔玄微听了很同情她们，问道："我能为你们做点什么吗？"女孩子们想了想说："如果您真心想帮我们，就请您每年的第一天在花园东边树立一根红色的旗幡，上面画上日月星辰图案，这样就可以避免我们再被恶风侵害。"

到了正月初一这一天，崔玄微果然这样做了。那天，东风猛烈地刮起来，飞沙走石。崔玄微急忙跑到花园去看，发现，花园外的许多树木都折断了，可是园里那些美丽的花树却全都安然无恙地保存了下来。

崔玄微这才明白：原来，那些穿着各色衣裳的漂亮女孩子，就是这个花园中的花精——杨姑娘是杨花，李姑娘是李花，陶姑娘是桃花，石姑娘是石榴。而封十八姨呢，她就是风神啊——难怪她的脾气大，也难怪女孩子们那么忌惮她。竖立红色旗幡防风害，其实是古老的上古巫术仪式的遗存。

贿赂雪神滕六和风神巽二

前面提到，有位风神名叫巽二。他有个经常一起活动的神灵伙伴——雪神滕六。为什么叫这样的名字呢？如果你仔细观察过雪花，你会发现雪花都是六瓣的，这是雪神的名号中有个"六"字的来历。至于巽二为什么有个"二"字，我们暂时还没有搞清楚风与"二"有什么必然联系。也许这是他的排行，就是说，这里提到的风神家族并不止他一个成员，也有巽一、巽三之类的兄弟姐妹，就跟前面提到过的雷神家族有雷一雷二等五兄弟相似吧。

现在来讲一个跟他们相关的故事：

唐朝的时候，晋州的一名樵夫因病滞留山中。半夜他听到有人说话，就赶紧藏起来偷看。月亮很亮，樵夫看到一个身高丈余的巨人出现了。他的鼻头是三角形的，目光像闪电一样。他发出长啸，将山中的虎、鹿、狐、雉等动物全部召集起来，向他们宣布："我是玄冥使者，奉北方天帝之命前来告知你们，明天是腊日（指农历十二月初八腊八节这一天），晋州刺史萧至忠会带很多人来打猎……"然后他详细地说出了哪些动物命该中箭而死，哪些该落网而死，哪些该被棍棒打死，哪些该被狗咬死，哪些该被鹰叼死……

动物们听了他的宣布，全都吓得浑身发抖，一起请求他想办法救命。使者说："不是我要杀你们，我是来传达天帝的命令的。

传达之后，你们要做什么，我就不管了。不过，我听说东谷那边有位道士严四兄（严四哥），很会帮人出主意，你们可以去求求他。"

动物们便去东谷找到严四兄哀求。严四兄说："萧刺史是个仁爱的官员，每次差遣人，都会避免他们遭受饥寒。所以，如果你们能够求得雪神滕六降雪，风神巽二起风，他肯定就不会出猎了，你们的小命也就保住了。"

所有的动物都急切地问："我们怎样才能求得滕六和巽二出来施展神力呢？"

严四兄笑了一下："昨天我接到滕六的来信，说他的妻子死去后，他曾经索要到了泉家的第五娘子做歌姬，可是五娘子性子善妒，他已经把她赶走了。所以，现在他身边没有人陪伴了。如果你们能够找到一个美人来献给他，他一定会立刻给你们降雪的。"

动物们又问："巽二那边又该怎么办呢？"

严四兄说："巽二最喜欢喝酒，你们如果能搞到美酒贿赂他，那么他也一定会立刻给你们刮大风的。"

动物们欣喜若狂。两只老狐狸自告奋勇去办这两件事。不多时，一只狐狸背来了一个美丽的少女，只有十五岁，模样十分娇媚。又一会儿，另一只狐狸背来了两瓶香气浓烈的美酒。严四兄便把美女和美酒分别装进一个布袋里，然后用红笔写了两道符。他含水向符一喷，两道符立刻就向远方飞去。

第二天，果然风雪大作，萧刺史的打猎计划取消了。动物们用贿赂雪神滕六和风神巽二的办法，换来了自己的继续生存。只是可怜了那位被狐狸背来的少女，不知道，她在雪神那里过得还好吗？

仪态万方的云神

云对古代人的生活重要不重要？也重要，也不重要。

说它重要，是因为在人的眼睛里，云是天空中面积最大的自然物。云彩构筑出了神话中整个天界的景观，带给人们神秘的美感和丰富的思考。

云彩本身非常美丽。如果你见过黄昏时天边的火烧云，你一定不会忘记那熊熊燃烧般的壮观景象；如果你见过彩云追月的画面，你一定会为片片白云的炫丽银边而感到不可思议吧。此外，云彩还有遮挡作用。当它出现时，阳光会减弱，月亮会若隐若现，满天星星会消失。

正是由于有了云彩，天空中的景色才有了深深浅浅的层次，不同的天体和天象才搭配出了更多的可能性，人们抬起头看到的景象才变得无比瑰丽多彩。因此，云对于古人的精神生活的影响是很深刻的。

既然如此，为什么又说云不一定重要呢？

说它不重要，是因为对于生产生活而言，云彩没有那么要紧。毕竟，它不像风雨雷电，会损坏庄稼、击毁房屋，对人们的生命、财产安全构成威胁。云彩就是在天空中飘着的一团"大棉花"，有时候出现，有时候消失，有时候在这里，有时候在那里，有时候是白色，有时候是黑色，有时候又是彩色的。但无论如何，不管云彩出现不出现，都不会让人饿肚子、受冻、生病、无家可归……所以，云对于古人的现实生活，没有那么重要。

因为以上提到的原因，在古代中国虽然有云神，但记载得不详细，

自由自在地在天空中游荡的云中君　傅抱石　绘

故事不太多,也没有多少流传到今天。

　　据说,云神的名字叫屏翳(yì),又叫丰隆。屏翳,就是遮挡的意思;丰隆,就是形容云层很厚、很丰满的意思。有时候,屏翳和丰隆也指别的神,比如前面说过屏翳可能是雨神,又比如有人说丰隆是雷神等等,这是神话的流变现象,我们先不去管它。不过,神话中每当云神出现时,的确基本上都是与风雨联系在一起的——也就是说,这个时候云神所管理的，大概都是黑压压的乌云吧。

那么，不跟风雨联系在一起的时候，云神又会是什么样子呢？

在战国时屈原所写的《楚辞》里有一位叫作"云中君"的神灵，据说是云神，性别不详。他/她高傲而又美貌，每天都要用散发着兰花香气的热水为自己沐浴，然后再穿上比鲜花还要华丽的衣裳，驾驶着龙车离开自己的宫殿，在天空中随意游荡。这位云神真是自由自在、仪态万方啊！

在黄帝时代，云的地位似乎显得比较重要，这大概是因为黄帝登上天帝宝座的时候天空中有吉云出现来显示祥瑞的缘故吧。黄帝索性以云来安排、记录自己的政事。比如，管理一年四季的官员是这样分配的：春官为青云氏，夏官为缙（jīn）云氏，秋官为白云氏，冬官为黑云氏，中官为黄云氏。后世传来传去的，有人说"缙云氏"也是黄帝的名号之一。这属于神话传承中的流变现象，我们知道就行了。

山神、水神与花木神

前面讲了主管天上气象的天神,那么,地面的山山水水、花草树木等,又是由什么样的神灵来掌管的呢?

吉庆的山神

我国地形地貌复杂，山地峰峦众多，几乎每座山都有自己的神。只不过有些山大，神也有名，有些山小，神没名气，常常被人们忽略掉罢了。

上古的山神呈现各种不同的面貌，脾气秉性也大不相同。有些山神看上去比较"好"，掌管的也是好事，人们如果碰到他们，就能得到比较吉祥、喜庆的结果。

比如和山之神泰逢。一听祂的名字就知道是吉祥的："泰"是平安、美好的意思，"逢"是遇到的意思，"泰逢"，就是说一遇到祂就有好事嘛。祂长得跟人差不多，但是有条老虎尾巴。祂的神力很了不得，进进出出都会自带光芒，这是因为祂的行走带动了天地之气的缘故。当然，泰逢的"好"要看对谁了。据说夏朝的昏君孔甲在打猎时碰到了泰逢，结果泰逢运用神力搅得天昏地暗，搞得孔甲迷了路，算是对他进行了警告。

又如昆仑山之神陆吾。祂长着人的脸、老虎的身子和爪子，还有九条尾巴。祂负责管理天帝的园林，那里面可都是奇珍异宝。倘若有人能战胜重重困难进到昆仑山里见到祂，自然是很幸运的了。就算带不走珍宝，由祂领着看看，也自是一番奇遇。

又如蠃（luǒ）母之山的山神长乘。祂长得大体像人，但有一条豹子尾巴。祂是天地间的九德之气所化生，专门帮助有德行的人。后来大禹西行的时候经过洮（táo）水，长乘送给他一块刻满了字的黑玉，教他怎么治理洪水。

《山海经》中吉庆的和山之神泰逢

昆仑山之神陆吾（《山海经图》）

上面说的这些山神都是半人半兽的模样，那么，有没有完全人形的山神呢？当然有啦。巫山女神瑶姬就是一个大美女神。据说，她是南方天帝炎帝（我们后面会具体地讲他的故事）的女儿，尚未成年就死去了。后来就成为巫山之神，负责在巫山一带行云布雨。

此外还有一些重要的山神，比如以"五岳"为代表的中原大山山神。虽然从上古流传下来的关于他们的事迹不多，但在后来的道教和历朝祭祀体系中，他们可是非常重要的地祇呢。

"五岳"的含义是五座有名的、主要的大山。具体是：东岳泰山、南岳衡山、西岳华山、北岳恒山、中岳嵩山。那么五岳神都是谁呢？就是泰山神东岳大帝（东岳帝君）、衡山神南岳大帝（南岳帝君）、华山神西岳大帝（西岳帝君）、恒山神北岳大帝（北岳帝君），以及嵩山神中岳大帝（中岳帝君）。

五岳神能够沟通天地，兴风作雨，保佑国泰民安，自然是非常吉祥的神。古往今来，人们都会定时祭祀他们，隆重地献上牛、羊、猪等祭品，并且向他们拜礼、祈祷。

在五岳神之外，我国各地的大山如黄山、庐山、雁荡山、峨眉山、长白山、武夷山、玉山，乃至内蒙古的阴山、新疆的天山、藏区的喜马拉雅山、冈仁波齐雪山等等，也都有各自的山神负责保佑一方平安吉祥。

可怕的山神

在上古神话中,有些山神是比较可怕的,碰到他们,一般没啥好事,搞不好还会倒大霉呢。

比如平逢山的山神骄虫。祂长得像人,却有两个脑袋,是所有能够蜇人的昆虫的首领。祂所主管的平逢山,也是各种蜜蜂集中在一起筑巢的地方。人若是不小心闯进骄虫神的地盘,难保不被蜇出几个大包来,是不是很可怕?

《山海经》中的光山之神计蒙　　　　《山海经》中的丰山之神耕夫

073

盘古之前的"疑似"创世神——烛龙（《山海经》明代绘图本）

又如光山之神计蒙。祂长着龙的脑袋，人的身子，经常在漳水的深渊中游动。祂出入的动静很大，总会引起旋风和暴雨。看来祂蕴含的能量很不得了，谁要是招惹了祂，可就吃不了兜着走了。

又如丰山之神耕夫。祂经常在山里的清泠渊中游玩，出入时身体还会发光——这与上面提到的泰逢相似，说明祂也具备奇特的神力。不过，身体发光倒也没什么，关键祂有个特点：哪个国家的人见到祂，哪个国家就会衰败。这是不是很倒霉？

不过说起来，从模样到本事都最可怕的山神，大概还是要算钟山神烛阴（又叫烛龙）。烛阴有着人的脑袋，蛇的身子。祂浑身通红，身子长达一千里。祂睁开眼睛，世间就是白天；闭上眼睛，世间就是黑夜。祂呼气，世间就是冬天；祂吸气，世间就是夏天——这跟我们前面讲到的盘古大神有些接近了。传说祂嘴里叼着一支永不熄灭的蜡烛，为阴冷的西北方带来光明。这样一位身形巨大、本事高绝的神，真是太让人敬畏了。

坏脾气的水神共工

水对于人类的重要性不用多说。人们每天都要喝水；人的身体中一多半都是水；人们可以利用水做很多好事，比如灌溉庄稼、水车推磨、行船运输等等；可是一旦像发洪水时那样情况失控，水又会瞬间吞没人类的财产乃至生命。有句话叫作"水能载舟，亦能覆舟"，说的就是这个道理。

水神是管水的，雨神也是管水的，那么水神和雨神有没有分工呢？大致是有的。虽然"水"在概念上包含了"雨"，不过一般来说，神话里雨神管的是"天落水"，而水神呢，主要是管地面的水，就是江河湖海什么的。当然，水神施展法力的时候，也可能将地面的水搅弄到天上去形成降雨，像前面提到过的龙王，就是又会下暴雨又会掀起巨浪的，所以关于水神和雨神的分别，我们大概知道就行，也不必追究得太细了。

水神也有总水神和分水神的区别。我们先讲总水神共工。

共工这个名字听起来有点奇怪，是不是？其实这就是把"洪""江"两个字都去掉了水字旁得来的。洪，就是大水的意思；江，就是大河流的意思。"共工"的本意就是"洪江"，就是大江、大河、大片的水域。这么说来，"共工"这个名号，可真是无愧于他作为水神的身份了。

前面提到过，在女娲大神的时代，水神共工和火神祝融打架，结果把天柱给撞断了一根，闹得天翻地覆。俗话说"水火无情"，水与火都是人类渴望掌握又常常掌握不好的自然力。对于这两位神祇，人类真是又爱又怕，所以在神话中，他们的形貌都很怪异凶猛，他们的脾气都很暴躁。

据说水神共工是火神祝融的儿子。那么，这个坏脾气的儿子到底是什么模样呢？

共工有着人的头，蛇的身子。一般认为蛇与阴、湿这样的概念有关联，所以作为水神的共工有着蛇身子就可以理解了。他还有一头红发，就像火焰一样鲜明耀目。火神祝融也是人面，但不是蛇身是兽身。共工与老爹长得不太像，只有那一头火焰般的红发，像是暗示了他从火神老爹那里得到的"坏脾气基因"呢。

关于这父子俩是如何打架的，我们放到后面讲述祝融故事的时候再具体说吧。

有人说跟共工打架的另有其神，比如颛顼或者帝喾等等。不过无论如何，战争的一方是共工，这是可以肯定的。可见，在那场旷世的灾难中，洪水给世间造成了多么巨大的伤害，又对人们的心理造成了多么深远的影响啊。

共工打架打输了之后，发脾气撞断了西北天柱，闯下了弥天大祸。他害怕受到大神女娲的惩罚，赶紧找个地方偷偷藏了起来，很长时间都没有再露面。想来，在这段时间里，人类世界的水灾一定少了很多。

直到后来，人间到了尧舜（yáo shùn）的时代，共工看到大神们逐渐隐退，估计再没有谁能管束住他，便又跑出来捣乱，行使神力让洪水淹没了天下十分之七的地面，只剩下三成的地方是陆地。不仅庄稼、房屋被大水冲毁，人们甚至都没有地方立足了。大水掀起高高的浪头，甚至冲击到了"空桑"这个地方。

舜帝为此很头疼，派遣手下能人大禹（yǔ）去治水。大禹就在会稽（kuài jī）山那里召集各方神灵一起碰头，商量怎么对付共工。后来，经过大家齐心协力，总算将共工打败了。舜帝看共工不思悔改，一再作

乱，将他流放到了幽州。

共工有个儿子叫句（gōu）龙，就是土地神后土（中央天帝黄帝的属神）。另一个儿子叫作修，特别喜欢出门远游，被人们奉为道路之神。除此之外，共工还有个不学好的儿子，在冬至那天死去，变成了厉鬼，常常出来给人们捣乱。因为他非常怕红豆，所以到了冬至那天，人们都熬制红豆粥吃，他见到红豆，就不敢出来为害了。

除了共工，古代文献里又记载着阳侯、川后等，也是水神，这里就不多说了。

暴虐的黄河之神冰夷

除了总水神共工，在我国的江河湖海中还有许多分水神。

先说海里的神。比如前面提到过的北方辅神玄冥（又名禺强），他是北海之神，也是集水神（雨神）、海神、风神等职责于一身的神。他是人面鸟身，耳朵上和脚下分别挂着、踩着两条蛇。

再说河流之神。比如"四渎"（dú）之神。四渎是指我国古代四条代表性的河流——长江、黄河、淮河、济水，它们就分别有自己的河神。

现在我们单讲黄河之神。

黄河之神称为河伯，名叫冯夷（píng yí），又叫冰夷。上古时"冯"读作"平"，"平""冰"两个字发音相近，所以流传下来不同的名字版本。为了避免字形和字音混淆，在这里我们就直接叫他冰夷好了。

河伯冰夷是一位非常古老而重要的分水神。他长着人的脑袋，鱼的身子，有的时候会化成龙，有的时候又会变成人的形象。河伯的脾气非常暴虐，稍不如意就会发大水吞噬百姓、毁坏人们的家园。关于这一点，我们从古书中黄河多次泛滥的记载中就能看出来了。

古时候有很长很长一段时间，人们为了哄这位坏脾气的黄河之神高兴，每年都要将一些好人家的女儿打扮得漂漂亮亮的，沉到黄河中去献祭，说是"嫁"给他做新娘子。这个可怕的风俗叫作"河伯娶妇"。据说最初的时候，原本是拿君主的女儿（也就是后来所说的"公主"）"嫁"给河伯，后来君主们实在舍不得再牺牲自己的女儿，才改为献出

古代典籍中的河伯形象

大羿用箭射中变成白龙的河伯
（四库本《钦定补绘萧云从离骚全图》）

民间的姑娘——可是，难道民间普通老百姓家的女儿就不是爹妈的心头肉吗？这中间有多少悲惨的故事啊，谁又来给他们一个公道呢？

也许吧，每次这么献祭之后，黄河泛滥的情况看上去都会有所收敛，所以这个坏风俗就一直延续了下来，至少到战国时期还有记载。

曾经射落九个太阳的神箭天神大羿听说河伯这么可恶，一直想收拾他。有一次，河伯变成一条白龙游到岸边，又想去滋扰百姓，大羿恰好经过看到了，便毫不犹豫地一箭射去，射瞎了他的左眼。河伯去向天帝告状，天帝说："谁叫你自己变成龙形的？变成龙，就是虫兽一类了，别人当然可以射你啊。"河伯没办法，只得垂头丧气地回去，可是从此就跟大羿结下了仇怨。不过他的本事没有大羿强，也不能拿大羿怎么样。

最美的洛水女神宓妃

除了前面讲的那些模样吓人的怪水神,也有些分水神的模样跟人差不多。比如洛水女神宓妃,就是人的模样。

传说她本是宓(fú)牺(xī)氏(即伏羲氏)的女儿,不小心掉在洛水中溺死,就做了洛神。"宓"这个字,就来自她的父亲。

洛神是我国神话中大美女神的代表。她浑身发出夺人心魄的光芒,远望仿佛太阳从朝霞中升起,近看仿佛莲花从清波中破出。她虽全然不施脂粉,天然的美丽却让人迷醉。她翩然如同惊起的鸿雁,宛然如同游动的蛟龙。她身上挂满玉琚和明珠,当她轻曳起如雾般轻柔的裙裾时,她脚上穿的远游鞋鞋头的纹饰就会不经意地露出来。

洛神出行的云车由六条龙驾驶,车的左边是彩旄,右边是桂旗,飞腾的文鱼护卫着她的车乘,鸣叫的鸾鸟在半空引导,鲸鲵在车毂旁腾跃不已,各色水禽绕着她飞来飞去。她的云车一时在水面巡行,一时又升入空中翱翔。

听闻她出行,湘水女神、汉水女神等一众神灵纷纷前来与她为伴。当她离去的时候,风神屏翳为她停息了长风,水神川后为她静止了波浪,河伯冯夷为她鸣鼓,连远古的大母神女娲也为她唱起了清歌。

洛神之美,真可谓惊天地、动鬼神了。

传说洛神是河伯的妻子,可是跟河伯之间感情也不是很好。你想啊,河伯太不像话了,喜欢滥杀无辜(发大水淹死老百姓),又贪玩(没事变条白龙到处转),又骄淫(每年都要民间童女献祭),难怪她会生气。

后来，洛神遇到了神箭天神大羿。大羿因为射日被贬落人间，又与妻子嫦娥发生了感情危机，正在伤心失意之时。他们两个就在这样的情形下相爱了。据说河伯知道这件事后，去找大羿算过账，却被大羿射瞎了一只眼睛。后来，洛神与大羿的婚外情也不了了之，没有继续下去。

到了三国曹魏时期，曹操的儿子曹植有一次从都城回归自己的封地，路过洛水时，见到了这位大名鼎鼎的洛水女神。曹植为她的美貌与风姿所倾倒，向她倾吐了自己的爱慕之情。洛神也为曹植的真情所感动，却由于人神殊途、无法结合，终究还是怅惘分别了。

有感于此次遭逢，曹植写成了著名的《洛神赋》，这样我们才知道了洛神到底有多美。

古人笔下的洛神风采（《洛神赋图》局部，晋代顾恺之绘［宋摹］）

总花神，分花神

世间花卉缤纷绮丽，种类何止万千，所有的这些花卉，都有自己的神灵。与山神、水神等等一样，花神理论上也会有总花神和分花神的区别。

总的花神（或者称作百花之神、百花仙子、花王）叫作女夷。从名字来看，我们知道她是一位女神，鉴于她掌管的花儿是那样美丽，我们有理由相信她自己也是十分美丽的。

据说女夷最初司掌的是春夏之际草木和禽兽的生长，后来才渐渐专注于做百花的统领。关于女夷的生日，有每年的农历二月初二、二月十二、二月十五等几种说法，后来渐渐统一到二月十五这一天。人们将二月十五日定为"花朝节"，既是庆祝女夷的生日，也是庆祝百花（各种花草植物）的生日。人们在这天穿上漂亮的衣裳，往树木和花枝上挂上五色彩线、绸缎等东西献祭，既是保护百花不受大风摧折，也祈求花神赐福给自己。前面"封十八姨"的故事中提到在花树上挂红幡来应付风神发脾气，就是这种习俗的反映。

人们还在各地建立起了许多花神庙，以此来表达对这位与日常生活息息相关的神仙的崇敬与爱戴之情。

也有人说，女夷是道教神仙南岳魏夫人的弟子，因为特别擅长培育、养护花草，所以被天帝任命为百花仙子。这个说法，我们了解一下就可以了。

在总花神之外，每种不同的花也有自己的神灵。不过，世间的花草

太多了，要想都记住掌管它们的花神可记不过来。于是，我国的古人根据一年十二个月份的节令，为每个月都指定了当令花卉，分别是：正月梅花、二月杏花、三月桃花、四月牡丹、五月石榴花、六月莲花、七月兰花、八月桂花、九月菊花、十月芙蓉、十一月山茶、十二月水仙（个别月份的当令花卉有不同说法，就不细说了）。那么相应的，也就有了十二月花神。

人们将历史上或者传说中曾经存在过的、与某种月令花卉相关的人物指定为某种花的花神。一开始，可能每个地方、每个时代的月令花神都不大一样。比如有人将洛神指定为水仙花神，是因为水仙花挺立水面的优雅姿态与洛神凌波照影的丰姿十分相似。可是也有人认为，美丽的湘水神娥皇、女英同样足以担当水仙花神的大任。

清代的时候，有位叫作俞樾的大学者在《十二月花神议》这篇文章中总结了一下，为每种月令花卉分别指定了男花神和女花神，比如将创造了落梅妆的寿阳公主指定为正月的梅花女神，将酷爱菊花的陶渊明指定为九月菊花男神等等。不过他列举的许多人老百姓并不太熟悉，所以这个花神榜流传也不广。

除了这十二种花，当然别的花也有自己的花神，或者叫作花精、花仙。比如封十八姨的故事里就出现了杨花、李花、桃花、石榴的花神，其中还提到石榴花神叫作石醋醋，这也算是关于某分花神具体名号的一种说法吧。

大树神，小树神

既然水神、花神等都有总神和分神的区别，那么木神（树神）有没有这种分别呢？当然有。

总的木神是东方天帝太皞的属神句（gōu）芒，他的故事我们后面再具体讲。

在民间传说中，不同的树种有它们自己的专门神。比如说，有杨树神、柳树神、槐（huái）树神、桑树神、柏（bǎi）树神、杉（shān）树神等。甚至，不仅是一种树，连某一棵树也可能会有树神。人们经常管这些小的木神叫作树精。他们的模样也不一致，有的是老爷爷，有的是漂亮姑娘，还有的是小伙子，有的是端庄女士，等等。下面讲一个跟树神有关的故事：

大约在晋朝的时候，庐江龙舒县（今安徽省舒城县）的水边有一棵大树，高达好几十丈（相当于今天的几十层楼高吧），树上常年聚集着几千只黄鸟，啾啾叫个不停，树梢上还经常冒出神秘的黄气。人们不认得这是什么树，可是都很敬畏它。有一阵子天旱得厉害，许久都没有下雨，乡里的人们说，这棵树经常冒黄气，说不定里头有神灵，不如咱们向它求雨吧。于是，人们真的准备了酒和肉，虔诚地供奉在大树前。

这天晚上，乡里一位品德高洁的寡妇李氏在自家庭院中见到了一位身穿华丽绣衣的女子。李氏正感到惊讶时，那个女子说：

"我就是树神黄祖,能够兴云作雨。你们的请求,我已经收到了,并且报告给了天帝。天帝怜悯你们,同意我为你们降下雨水。不用着急,你去告诉乡民们,明天中午就会下大雨。"

第二天,大雨果然如期而至。人们十分高兴,赶紧给这位树神黄祖建立了祠堂,以便长期供奉。

从这个故事我们可以看出,树木与水的关系非常密切,树神有时候还可以兼任雨神呢。

此外,对于树神而言,树种不同,树木的年龄不同,神力就会有很大的不同。有的时候,他们自己也会求助于其他神仙。

传说唐代的时候,"八仙"之一的吕洞宾经过岳阳时,大白天在城南的一棵古松树下歇息。这时候,就有一个人从树梢飘下来,对着吕洞宾连连作揖,说道:"我不是那种普通的山精或者木魅,所以我能够认出先生是谁。我自感道行浅薄,请先生怜惜我,指点我,帮助我。"吕洞宾见他看破了自己的神仙身份,便给了他一粒仙丹帮助他修炼,并且还当场吟了一首诗:"独自行来独自做,无限世人不识我。唯有城南老树精,分明知道神仙过。"

看来,吕洞宾还是很赞赏城南古松这个小木神的眼光的。

诸神的家族

三皇的故事

我国的上古神话中有"三皇",也就是三位了不起的大神。那么,"三皇"到底是谁呢?他们就是女娲、伏羲和神农。

神力莫测的女娲大神

前面我们多次提到过女娲大神,还讲了她补天拯救世界的故事。现在,我们再来专门讲讲她的情况。

女娲是"三皇"中的"地皇",形体非常庞大。到底有多大呢?我们从她后来所做出的伟大事业推想,应该也是位像盘古一样顶天立地的巨神。

女娲非常善于创造和变化。《山海经》记载,她的身体能够在一天之内发生七十次变化,或者说,她可以在一天之内化育出七十种东西来。当然,这里说"七十",其实就是形容她的变化是非常多的,并不是准确的次数。所以,跟盘古相似,女娲也是一位能够创造万物的大神。

再举个例子。古书上说,后来在"栗(lì)广之野"这个地方,居住着十位神人。这十位神人是怎么来的呢?说出来你也许难以置信,他们竟然是女娲的肠子变化而成的!区区一副肠子就能化作十个神,可以想象,女娲的整个身体会为这个世间贡献出多少宝贝了。

变化归变化,女娲的本来面目是什么样的呢?敲黑板划重点,你可要记住了:女娲是一位人首蛇身的大神!

不要害怕,"人首蛇身"的女娲并不是怪物。要知道,在我们中国远古老祖宗的心目中,蛇是一种很神秘、很神圣的生物,具有非常强大的力量。后来中国人非常喜爱的"龙",基本部分也是根据蛇的形象幻化出来的。

人首蛇身的女娲（*Myths & Legends of China*, 1922）

总而言之，在远古时代创造了万物的大神女娲，就是这样上半截是人、下半截是蛇（龙）的形象。如果你在古代的画像砖、画像石或者壁画上看到蛇尾巴的女神，你要注意了，她就是女娲。

那么，是不是所有蛇尾巴的神都是女娲呢？也不一定。下面我们要讲的男神伏羲，他也是人首蛇身的。

此外，在一些古代画像里，女娲（包括伏羲）并不总是蛇身子，有时候又变成蜥蜴身子——他们的下身除了长尾巴，还有两条蜥蜴腿。这说明，在上古人们的心中，蜥蜴和蛇一样，都是非常神秘而强大的生物。"人首蜥蜴身"的女娲，同样是十分神圣的。

女娲大神的主要功绩是：创造人类、制定婚姻、创造六畜、补天救世，等等。前面我们讲了女娲补天的故事，后面还会专门讲她的更多功绩。

雷神与华胥氏之子伏羲

前面我们讲过，在一个面积宽阔、风景秀美的大沼泽"雷泽"里，居住着一位人头龙身的雷神。他只需要鼓动自己的肚子，满世界就会听到"轰隆隆"的雷声。有时候，雷神会出来闲逛，在沼泽各处留下他的脚印。

在很远很远的地方，有个华胥（xū）氏之国，国中的人们过着自由自在、衣食无忧的生活。有一天，华胥氏之国的一个姑娘（我们可以称呼她为"华胥氏"）来到雷泽游玩，看到了一个巨大的脚印——当然，这就是雷神留下的，可是华胥氏不知道。她从来没见过这么大的脚丫子，觉得非常惊讶，又非常有趣，就好奇地把自己的脚丫子踩上去比。哎呀，原来自己的一只脚，只够这脚印的一个大脚趾头长短呢。她这么比来比去踩得高兴，却不知道自己已经感应到了雷神的神力，肚子里有了小宝宝。

一段时间后，华胥氏生下了一个儿子，有着人的脑袋、蛇的身子，这就是伏羲。

作为雷神的儿子，伏羲拥有很强大的神力，能够沿着一棵叫作"建木"的天梯树一直爬到天上去与神们交流。他的智慧也是凡人不及的，能够观察到天地间的各种规律，指导人们更好地生活。

伏羲施展自己的神力，为人民做了很多好事，后来被尊为"三皇"中的"天皇"。

在伏羲那个时候，人们吃东西都是生食，不仅腥膻生涩，味道不

伏羲（汉画像石，陕西米脂）

伏羲（汉画像石，山东临沂白庄）

好，而且很容易得病死去。伏羲便教会人民如何用火来烹（pēng）制食物，这样大家就可以吃上烧熟的食物，不必再像野兽那样吃生东西了，这就保障了人类的饮食健康。不仅如此，经过火加工的食物散发出诱人的香气，吃起来也更可口了。今天我们能品尝到各种美味，还真得感谢伏羲开了一个钻研厨艺的好头呢！

伏羲还观察蜘蛛结网的方式，琢磨出了将一条一条的绳子结成网的方法。这些网拿来做什么呢？拿来捕鱼、捕鸟、捕兽。在发明渔网之前，人们经常使用削尖的木头等工具，到比较浅的溪流中叉鱼。可是鱼很聪明，身体又很滑，人们费力叉了半天，不一定能叉起几条来，实在没什么效率。伏羲发明的渔网，可以让人们一网一网地捕捞鲜鱼，效率提高了很多，就不容易饿肚子了。而鸟网和兽网帮助人们捕获到行踪不定的禽兽，还避免了用棍棒狩猎的许多危险，后来也成为狩猎中常用的工具。

可是，伏羲所作出的诸多贡献中最神奇的，并不是教人生火、结网等生存技巧，而是发明了充满玄机的"八卦"。这个故事我们后面会具体地讲。

神奇的农业大王

讲过了"地皇"女娲和"天皇"伏羲的故事,现在我们来讲讲"人皇"神农的故事。

神农,有的时候我们也管他叫神农氏、神农大王。叫他"神农氏"是强调他与他的氏族之间的联系,像女娲、伏羲有时候也会被人们称为"女娲氏""伏羲氏",就是这个原因;叫他"神农大王",则是强调他的领袖身份。

神农长着牛的头、人的身子,而且他的肚子是透明的,吃下去的东西在肚子里怎么动都能看得清清楚楚。

传说神农刚刚降生的时候,部落聚居地附近忽然涌出了九口井。这九口井的井水彼此相连,人们汲取其中任何一口,其他八口井的井水都会跟着波动。

神农长大之后,显示出了与众不同的能力,成了氏族的首领。

那时候,人们主要靠打猎、捕鱼或者采野果子吃填饱肚子。随着人口繁衍越来越多,野生的动植物都不够吃了,大家经常饥一顿饱一顿的。神农想,这样下去可不行,要是食物的产量能够被我们自己控制就好了。

神农正发着愁,不知从哪里飞来了一只丹雀,全身红通通的,嘴里衔着一株九个穗的植物。丹雀将九穗植物扔到地下就飞走了。神农捡起了它,左看右看,不知道有什么奥妙。最后,神农决定把它埋进土里,浇上水,看看到底会发生什么事。过了些日子,这株植物结出了很多带

着淡黄色薄壳的小果实。剥开薄壳，一粒粒晶莹洁白的小颗粒露了出来。神农尝了尝，发现它们可以当作粮食吃。神农就给这株植物起了个名字叫作"禾"，那些白色的小颗粒，就是我们今天熟知的稻谷一类的粮食。

神农终于找到了梦寐以求的食物！学会自己种粮食，人类的食物就有保障了。神农没有停止探索，又从众多草木中筛选出了更多可以作为粮食的交给人们耕种，像小米、黄米、大豆等等，就这样陆续被发现了。

为了更好地栽种粮食，神农还发明了制陶和冶金的方法，教人们做出陶罐、斧子、犁耙、锄头等工具用于开垦、耕作。粮食多了，逐渐有了剩余，神农又发明了集市制度，让大家在约好的日期和地点去交换。这样，人们就可以分别种植不同的粮食和蔬果，餐桌上的食品种类当然花样就更加丰富了。

所以，人们叫他"神农"真是很有道理，因为，他就是一个神奇的农业大王啊！

神农治不了断肠伤

除了是农神,神农氏也是药神。那时候,人们的生活条件不好,很容易生病乃至死掉。神农见了很难过,决心把能找到的植物都尝一遍,看看它们在自己的透明肚子里是怎么变化的。

他随身背着两个口袋,一边采一边尝,一边观察自己的肚子。根据观察的结果,他把能当食物的花草放到左边口袋里,把能当药物的花草放到右边口袋里。神农就这么发现了能解毒的"茶"、能润肺清热的"甘草"、能强筋活血的"牛膝"等药材。

据说,神农还有一条叫作"赭(zhě)鞭"的红色神鞭。无论什么花草,只要经过它轻轻一鞭打,就会显示出各自的性质,到底是平和的还是有毒的,是寒性的还是温性的,通过鞭痕都显示得清清楚楚。

神农靠着他的透明肚子和赭鞭不停地检验着百草,每天都要中毒很多次,每次都要靠茶叶来解毒。到后来,神农放到左边口袋中的花草超过了四万七千种,放到右边口袋中的花草超过了三十九万八千种。

为了进一步探索怎么将这些药材搭配起来治疗不同的疾病,神农还将各种不同药材配好方子,先后放到一口大锅(鼎)里去煮,然后再亲自服食,观察效果。今天在太原附近的山中还有"神农鼎"的遗迹呢。

后来有一天,神农在森林里见到了一种带着小黄花的草,草叶子一张一缩的,很怪异。而且,赭鞭也测试不出它的性质。神农马上想道:这么怪的草,会不会是妖草呢?他一定要探个明白,便摘了一片叶子放进嘴里。没想到,叶子刚下肚,神农的肠子就一截截断开了!他来不及

神农尝百草 （明）郭诩 绘

101

吃茶叶解毒，手里抓着那株植物，痛苦地死去了。

就这样，为了让人们过上安全健康的生活，伟大的神农牺牲了自己的生命。人们悲痛地埋葬了他，尊他为"药王"，在好多地方都盖了"药王庙"来纪念他。后世的人们将他尝百草总结出的经验写成了药书，叫作《神农本草经》。而神农曾经无数次跋涉其中、苦寻药材的那片森林，就被叫作"神农架"。今天"神农架"是一个风景美丽的自然保护区，如果有机会，你不妨去那里旅游，探访一下神农大王的遗迹。

至于害死神农的那种草呢，就被人叫作"断肠草"。后来有句话"神农尝药千千万，无一能治断肠伤"（比喻感情上的伤痛），说的就是这件事。

五帝的故事

中国上古有"五方上帝"或者说"五方天帝",是指按照方位排列的五位大天神,他们是:东方天帝太皞(Hào),南方天帝炎帝,西方天帝少昊(Hào),北方天帝颛顼(ZHuānxū),以及中央天帝黄帝。

新一代中央天帝黄帝

"五方天帝"中最厉害的是管理中央的黄帝。属于黄帝的颜色,是黄色。五帝之中,归到黄帝名下的称号最多,有轩辕氏、有熊氏、缙云氏、帝鸿氏等等,这与他征服四方的事迹多有关,也与后世把他和别人的名号相混淆有关。不过黄帝最基本的名号是轩辕氏,人们又常常管他叫"轩辕黄帝"。

据说黄帝的相貌非常独特,非常威风,因为,他的头上长着四张脸。这样一来,除了管理自己的中央地界,黄帝还可以同时监管到东南西北四个方向,以及春夏秋冬四个季节。

中央之地有一万两千里那么宽广,西起昆仑山,经过恒山,东至碣(jié)石——那是日月运行所经过的地方。长江和汉水都从黄帝管辖的疆域内经过,龙门、黄河、济水也从这片土地上穿流向东。后来伯鲧(gǔn)治水的时候,还曾经在这里用息壤堵塞过暴虐的洪水。这里人口稠密,气候宜人,土地肥沃,四季分明,十分适合五谷生长,真是个美好富饶的中央之国。

帮着黄帝一起统治这片中央之国的,是他的属神后土。据说后土是炎帝的后代,他是土地神,又是管理阴间的神,他的手里拿着一根绳子,这就是我们现在常说的"准绳",是为万事万物建立标准的意思。我们后面会讲到:东西两位天帝主掌着世间的"规矩",南北两位天帝主掌着世间的"均衡",而中央天帝所主掌的更在他们之上,因为那是最终的真理,是判断一切的"准绳"。

黄帝在后土的辅佐下，以博大、宽容、公正之心统治着这片土地，明察秋毫，不苛（kē）求、不偏心；扶危济弱，归化万物。

作为五方天帝的首领，黄帝经常去四处漫游。在巍峨（wēi é）的昆仑山上，他建立了自己的宫殿，派了一个叫"陆吾"的人头九尾虎（也有人说是九个人头的虎）去镇守。黄帝还经常服食峚（mì）山上出产的一种白玉膏，来保持自己的神力。

有一次，黄帝到恒山去玩儿，得到了一只叫"白泽"的神兽。这只神兽会说话，知道天地间所有的神怪，其中有好些神怪，即使是黄帝也没有听说过。黄帝知道白泽的本事后大喜，立刻命人将白泽所说的所有神怪都画下来，并写好注释，一共画了一万一千五百二十种。这本画册，大大地方便了黄帝对天地间神怪的管理。

有了画册之后，黄帝就对照着它，在西泰山搞了一次对天底下所有神怪的大检阅。庄严盛大的检阅仪式上，蚩尤（chī yóu）带着虎狼在前面为他开路，雨师为他喷洒道路，风伯为他扫地，大象为他拉车，人脸鹤身的毕方鸟为他驾车，六条蛟龙在他身后护卫着，美丽的凤凰在天空飞舞，长了翅膀的腾（téng）蛇在地上游走，各种奇形怪状的鬼神跟在后面……这样的场面前所未见，实在是太让人惊叹了。

黄帝看到自己治下的神怪队伍这么庞大、整齐、有序，非常高兴，当场作了首乐曲，叫作《清角》。《清角》可不是一般人能听的曲子，因为一演奏，就把天底下的神怪都给召唤来了，岂不是太吓人了吗？

传说黄帝发明了很多事物，包括定历法、制干支、作文字、定度量衡、造货币、做箫管、定音律、创制战车、写作医书《黄帝内经》等等。你可能要问了，成天忙着管理天下的黄帝真的有时间做这么多事吗？也不是不可能。不过，更大的可能性是：很多事物发明出来后迅速流传开，传来传去的，人们忘掉了最初的发明者是谁，就索性都归到黄帝身上去了。

从炎黄之战到蚩黄之战

黄帝在当上最高天帝之前,跟各方神族都打过大仗,其中最著名的战争有两场,分别是黄帝大战炎帝和黄帝大战蚩尤。

据说,黄帝与炎帝是亲兄弟,哥儿俩长大了争地盘,吵架也解决不了问题,就在阪(bǎn)泉之野打了三场大仗。

黄帝亮出了他庞大的神怪和神兽军队:以熊、罴(pí)、狼、貔貅(pí xiū)、豹、貙(chū)、虎等等猛兽充当他的前驱,以雕(diāo)、鹖(hè)、鹰、鸢(yuān)等猛禽做他的旗帜……还有依据白泽的描述画的图册里的那些鬼怪,全都成了他的士兵。炎帝这边毫不示弱,坚决迎战。他的属神火神祝融的部队,以及他的后裔、铜头铁额的蚩尤兄弟(那时候他们还小)等等,应该都跟随他出征了。

那真是一次惨烈到前无古人的战争。据说,死伤士兵流出的血汇集成了河流,将木棍等兵器都漂浮了起来。最后,黄帝取得了胜利。战败的炎帝只好听凭黄帝的摆布,献出了自己的土地、物产和人民,然后垂头丧气回到南方去了。

后来,蚩尤兄弟长大了,他们不甘心上次的失败,再次挑起了战争。

蚩尤家族共有八十一个兄弟,全都铜头铁额,长相怪异。他们以沙石铁块为食,特别擅长制造弓、矛、斧、盾等兵器。蚩尤兄弟集合了南方的苗民和许多鬼怪,向位居最高天帝的黄帝发动了进攻。

黄帝不敢怠慢,重新召来那支由熊罴、鹰鸢等猛兽猛禽组成的队

汉墓画像石上的蚩尤形象

伍,连同图册上的各方鬼神怪物,一起与蚩尤对阵。他还用昆吾山出产的火一样的红铜打造了一把切玉如泥的宝剑,以此来增加自己的神威。

战争在涿鹿之野拉开了序幕。

蚩尤法力高强,在战场上施放出漫天大雾,将黄帝的军队笼罩在里面。黄帝的军队完全迷失了方向,三天三夜也冲不出去。可蚩尤的军队却很适应这种环境,趁着大雾对黄帝的人马肆意砍杀。就在这种急迫的情形下,黄帝的臣子风后发明出了一种"指南车",车上小仙人的手可以永远指向南方。在指南车的带领下,黄帝的军队终于冲出了大雾,开始组织反击。

蚩尤又让一个小鬼"魍魉"(wǎng liǎng)发出怪声来迷惑对手。黄帝便命令兵士们用牛羊角制作军号,吹出龙吟一般的号声,吓退了蚩尤的鬼怪。

黄帝召来长了翅膀的应龙，让它行云布雨，去水淹蚩尤军队。蚩尤便叫来风伯雨师，发动他们的全部神力造出弥天风雨，比应龙布出的更大，将黄帝军队泡在了水里。黄帝只得将自己的一个女儿——旱神"魃"（bá）——从系昆山召下来。魃是一个秃头女，个子矮小，老穿着青色的衣裳，身体里储存着无穷无尽的热量。她一来，蚩尤的大风大雨立刻消失了，天底下旱成一大片，黄帝军队趁机反扑，将蚩尤打退了。

为这一仗做出重大贡献的旱魃，因为耗掉太多神力，回不了天上，就在人间留下来。她留在哪里，哪里就大旱。人们受不了，把她轰到赤水以北去居住。当她不甘寂寞又出来游荡时，大旱就重新出现在人间了。

蚩尤当然不会善罢甘休，过些日子，又发动了新一轮进攻。黄帝用东海流波山怪兽"夔"（kuí）的皮制成一面军鼓，用雷泽里老雷神的腿骨制成鼓槌来敲。连敲九通，把蚩尤部队的兵士吓得魂飞魄散，完全丧失了战斗力。黄帝趁机指挥军队冲杀过去，蚩尤们只好仓皇逃掉了。

蚩尤兄弟又去北方的荒野中请来了巨人族夸父做援兵。夸父族本来

黄帝大战蚩尤（汉墓画像石）

是黄帝属神后土的子孙，个个身材巨硕、力大无穷，手里喜欢把玩着两条蛇。我们后面要讲一个著名的追赶太阳的巨人，就是夸父族的。夸父族与蚩尤族联手，势力大增，又频繁向黄帝发动进攻，这下黄帝更头疼了。

关键时刻，从天上下来一个人头鸟身的女神，她叫"九天玄女"，据说是西王母的弟子，我们后面会具体讲她的故事。玄女带来了"灵宝之符"和行军布阵的兵法。靠着九天玄女的帮助，黄帝终于彻底打败了蚩尤部队，抓住了蚩尤兄弟和他们的帮手。

蚩尤被砍断头颅（《山海经存》）

黄帝在"解"（xiè）这个地方将胆敢反抗自己的蚩尤斩了头。因为怕他死后还捣乱，便将他的头和身子分开到两个相距遥远的地方埋葬。"解"就是分解的意思。沾满蚩尤鲜血的枷栲被抛弃在大荒中，变成了一片火红的枫林。后来，蚩尤头的形象又被铸在青铜器上，变成了一个贪吃无厌的怪兽"饕餮"（tāo tiè）。战败而死的人，是没有办法替自己辩护的。

帮助过蚩尤的夸父族和苗民也受到黄帝严惩，被迫向远方迁徙。

青春不变的东帝太皞

"五方上帝"中,东方天帝叫作太皞(hào)。

太皞这两个字,有时候你可能会在别的地方看到人们写成"太昊"。这两种写法并没有实质上的差别,因为"昊"和"皞"的发音一样,在这里的意思也一样,都是指天空非常苍茫、非常辽阔。至于"太"字呢,我们常常用它来表达一种"很了不起"的意思。所以合起来,"太皞"或者"太昊",其实就是"像苍天一样很了不起"的意思。

太皞是管理东方的神,东方也象征着春天,因此太皞也顺带着管理春天(但不是具体的春神)。东方、春天,在人们的心目中总是青翠碧绿、草木茂盛的,因此人们给太皞送上了"青帝""木帝"(但不是"木神")的别号。

太皞到底长什么模样,古人留下的记录太少,现在我们已经不能确切地知道了。不过,既然他统治的地方是那么美好,终年常青,那么我们不妨猜想,他的样子肯定也是青春永驻、帅气迷人的了。用现在的话来说,肯定是个大帅哥。

还有人说,太皞的外貌可能具有一些鸟的特征:也许是人的身子,但是长着鸟的脸;或者大体是人的模样,但背上有着鸟的翅膀什么的。细想想,这也不是没有可能,很多东方的神,都跟鸟类有一些关系。虽然说太皞作为天帝,本身不需要翅膀就可以在天地之间任意飞翔,不过,在后脊背上长出一双巨大的翅膀来,也是一件很拉风的事情啊。

太皞统治的地方在东方的极远之地。从碣(jié)石山往东,过了朝鲜，一直穿过大人国，向东到达日出的地方，就是太皞的地界了。这片辽阔的东方之地共有一万两千里那么宽阔，土地是青色的，草木苍翠繁茂，一切欣欣向荣、生机勃勃。

我们都知道，太阳每天是从东边出来的。让每天的太阳正常升起，是东方对于人世间的最大职责。太皞作为东方的主宰（zǎi），自然也会尽量施展他的神力，来保障（zhàng）这一切按照计划正常进行。

帮着太皞一起统治这片东方之地的，是一个叫作句（gōu）芒的属神。句芒是一个老穿白衣的人头鸟身神，每当太皞出行的时候，句芒就在手里拿上圆规，驾着两条龙，跟着太皞在天空中飞来飞去。

我们之前说过，拿着规、矩这类东西的神，都是要为世界制定规则的，是很了不起的大神。早先是女娲、伏羲执掌规和矩，在他们俩退隐后，职责就转移到了后来的神身上。句芒是太皞的属神，他是替太皞拿的这支圆规。可见，东方天帝太皞真的是个厉害的大神。

太皞的故事流传到后来，很多事迹都传丢了，渐渐有人又将他和伏羲拉到一起，合并成了"太昊伏羲氏/太皞伏羲氏"这一个神。可是，如果你了解更多他们的事迹，你就会发现：将这两个神合并到一起并不是很妥当。如果将来遇到别人跟你说"太昊伏羲氏"，你也不必感到惊讶，你只要明白，这是上古的许多神话流传到后来搞混了的现象，就可以了。

火热的南方炎帝

"五方上帝"中,管理南方的天帝叫作炎帝。炎,就是热的意思。

在我国古人的心目中,越往南走越热,到了最南方,就是永远的夏天了。因此,南方就象征着夏季,炎帝在执掌南方的同时,也执掌着炎热的夏天,他也是夏天之帝。

炎帝长什么模样,我们现在不是很确定,不过,他的脾气我们倒是可以从名号上推测一下,想必是很火爆、很热情的了。

炎帝统治的地方在南方极远之地,总共有一万两千里那么辽阔,从北户孙的外边,连通着北帝颛顼(zhuān xū)的国家,向南一直到委火炎风之野,这片国土到处都是红彤彤的,所有的东西都容易让人联想到火,非常酷热。

尤其是最南边的"委火炎风之野"(委,就是落的意思),那里终年从空中坠落着火焰和火星,就算有风,吹出来也永远是热滚滚的。这个地名听上去简直就叫人热得喘不过气来啊。

帮着炎帝一起统治这片南方之地的,是火神祝融。他长着一副人的面孔,可是有着猛兽的身子,出行的时候脚下驾着两条龙,真是很威风。既然祝融是火神,你可以想象,他所过之处,肯定就像着了火一样,热得受不了。我们前面提过,在女娲时代,水神和火神打架,撞断了西北天柱。其中那个火神,就是祝融。

炎帝出行的时候,祝融就在手里拿着一杆秤(chèng)紧跟着他。秤象征着公平、均衡,与前面说过的规、矩一样,都是为世界制定规则、

维护世界运转的工具。炎帝掌握着秤，可见他也是了不起的大神。

前面说过，炎帝与中央天帝黄帝原本是亲兄弟，炎帝是哥哥，黄帝是弟弟。成年之后，他们各自到不同的地方扩展自己的地盘。黄帝到了姬水，就姓了姬；炎帝到了姜水，就姓了姜。可是没想到，后来，为了争夺最高的帝位，哥儿俩打了那么一大仗。

炎帝除了这个惹不起的弟弟黄帝，还有别的亲属，他们比起黄帝来可和气多了。

炎帝的妻子叫作听訞（yāo），她是赤水氏的女儿，非常能干，也很有魄（pò）力。炎黄之战中，她的家族赤水氏说不定也参战了，去给炎帝帮过忙。

听訞与炎帝生下了几个大名鼎鼎的女儿。其中一个是我们前面讲过的巫山女神瑶姬。

还有一个女儿叫作女娃。女娃到东海去游玩，不小心掉进海中淹死了，她的灵魂就变成一只鸟，不停地衔来小石头、小树枝，打算把东海填平。这个故事我们后面还会具体地讲。

炎帝和听訞还有一个女儿，我们不清楚她的名字，她跟随一个叫作赤松子的仙人一起修道，后来就自在地游历于天地之间，谁也不知道他们去哪儿了。还记得吗，前面我们说过，赤松子也是雨神之一。

至于炎帝和听訞的更多儿孙们，据说谱系是这样的：听訞生了炎居，炎居生了节并，节并生了戏器，戏器生了祝融（火神），祝融生了共工（水神），共工生了术器，又生了后土（土神），后土生了噎鸣，噎鸣生了十二太岁……总而言之，炎帝的后代里出了许多了不起的重要的神。

后世有人将炎帝和神农合并在一起，称为"炎帝神农氏"，这是神话流传中发生的变化。我认为还是分开来的好，因为这两位大神的事迹，互相也不大挨着。

西帝少昊用鸟儿做官

西方天帝少昊的名字是"挚（zhì）"，又写作"鸷（zhì）"——这个字的下半部分是"鸟"，因为少昊就是来自一个崇拜鸟类的部族。

在少昊的神国里，所有的臣僚（liáo）百官都是由鸟儿来担任的。比如凤凰总管历法，鹫（jiù）鸟掌管兵权，布谷掌管营造，鹰隼（sǔn）掌管刑法，野鸡掌管工程，等等。朝廷开会的时候，大臣们都叽叽喳喳、正儿八经地一起说"鸟语"，这情景是不是很有趣？

少昊所统治的地方在西方极远之地。从昆仑山流沙的尽头，以及那个连羽毛都浮不起来的弱水算起，向西一直到西王母的三只青鸟所在的三危国。这么一大片地方，都是少昊的属国。在这个西方之国中，城墙是用石头筑（zhù）就的，房屋是用金属建成的。住在那里的人以气为食物，个个都长生不死。

少昊除了管理西方地界，还主管秋天。在我们中国人的古老意识里，西方总是比较萧瑟（xiāo sè）、荒凉、旷（kuàng）远的，秋天的风又总是从西方吹过来，也比较冷、比较硬，所以，人们将西方和秋天联系在一起，也就很自然了。

其实，秋天是分作前后两个时间段的，前半部分是收获的季节，果实累累，富饶兴旺；后半部分时间，庄稼收割完了，果实采摘完了，也就显得荒凉。少昊作为秋帝，也同时具有秋天的这两种性格，有时候饱满热闹，有时候消瘦清冷。不过，不要以为少昊是个冷面天神。你看了后面讲的北方天帝颛顼是怎样冷冰冰的性格，就会觉得少昊还算是挺有

"人情味"的了。

除此之外，西方的颜色是白色，所以少昊又叫白帝。还记得吗？每个方位的天帝都有一个对应的颜色。以前我们说过，东方天帝青帝，是绿色的，南方天帝赤帝，是红色的。现在我们说到西方，它是那么苍茫空洞，无论是沙漠还是荒滩，放眼望去，感觉是一片让人心里凉飕（sōu）飕的惨白色。少昊既然是西方之主，那么西方的颜色白色，也就是他的代表色了。

做了西方天帝后，少昊跟东方的联系并没有断，他将自己一个叫"重"（chóng）的儿子留给东方天帝太皞做了属神，"重"就是人头鸟身的木神句芒。

少昊自己有没有属神呢？有，那就是他的另一个儿子"该"。少昊和该一起管理着一万两千里的西方之地。

该又叫蓐（rù）收，是金神，又是刑神，手里总是拿着曲尺（"矩"）——这与东方天帝的属神句芒手中所拿的"规"正好配成一对，因为东和西本来就是一组相对的概念。后世的人间王朝处决犯人，一般都选择秋后执行，就是因为刑神蓐收是秋天之帝少昊的属神。我们后面会具体地讲蓐收的故事。

总是板着脸的北方颛顼帝

"五方上帝"中,负责管理北方的天帝叫作颛顼(zhuān xū)。在人们的心目中,北方总是与冬天、寒冷联系在一起,因此,阴寒严酷(kù)的冬天也归他管,也就是说,北方天帝同时也是冬之帝。

相应的,北方天帝有自己的专属颜色——黑色,这个颜色让人感到压抑(yì)、无情,正好与北方死寂险恶的自然环境相符。大概是为了冲淡这种肃杀的气氛,颛顼帝的名号倒很好听,叫作高阳氏。

颛顼统治的神国在极北之地,从九泽出发,走完夏晦(huì)之极,往北一直到令正之谷都是他的地盘。北方的神国终年冻寒,积冰层叠、飞雪漫天,冰雹(báo)和霜霰(xiàn)连绵不断,来自各处的冻水漂积在一起。这片极北苦寒之地,也有一万两千里那么宽广。

北帝颛顼被称为水德之帝,他稳重威严,性情十分严厉。他上任之后,派大神"重"(不是前面提到的别名"重"的句芒)和"黎"去将天梯阻断了,这样一来,下方的四民再怎么折腾,也不能影响到天上的秩序;而当人类犯了错误需要被惩罚时,他们再也不可能爬到天上去找个地方躲起来、逃避罪责了。

不过,你也不要以为颛顼帝的特点只是凶。其实,颛顼帝很有才华,他根据天象变化制订了《颛顼历》,告诉人民该如何应时农作。在此之前,人们并不能准确地判定季节的流转,而是根据周围动植物的表现来大致推算一下:迎春花开了,哦,那就是春天来了,该准备种子了;布谷鸟叫了,哦,该播种、耕作了;知了叫了,哦,夏天来了,天

气马上就要热起来了，有些庄稼可以收获一茬了……有了《颛顼历》，人们学会了抬头看天象找答案。《颛顼历》一直用了很久很久，说不定有两千多年，直到西汉初年汉武帝时代才废止。

帮着颛顼一起统治北方之地的，是水神（雨神）兼海神、风神玄冥。玄冥的手里拿着秤砣，正好与南方天帝的属神祝融手里所拿的秤杆配成一对，因为，南与北也是一组相对的概念。秤与砣相配合，说明南方天帝和北方天帝一起维持着世间的平衡。

颛顼的后代里也有特别著名的人物。

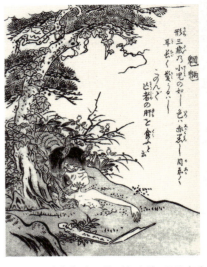

日本图书中魍魉食人的形象（约1779年）

比如他的一个小儿子，刚刚生下来就夭折（yāo zhé）了，死后变成了一种叫作"魍魉"（wǎng liǎng）的小鬼，居住在若水。魍魉的模样像个三岁小童，红红的眼睛、长长的耳朵，身体黑里透红，头发乌黑柔亮。魍魉最喜欢学小孩声音来迷惑人，等人走近的时候，就趁机传播疫病。在黄帝与蚩尤的大战中，他曾经出来帮蚩尤的忙。后世用一个成语"魑魅魍魉（chī mèi wǎng liǎng）"来形容各种各样的坏人（妖魔鬼怪），其中"魑魅"是山里的精怪，而"魍魉"这种水怪，指的就是颛顼帝夭折的这个小儿子。

颛顼的玄孙彭（péng）祖也非常有名，因为他是世上最长寿的人。他的故事我们后面会讲。

五帝的神族

五方上帝各有自己的属神（即五行神），也各有自己的神族。这些神灵们又有着怎样的故事呢？

大地之神养育万物

我国古人认为，构成世界有五种基本元素：金、水、木、火、土，统称为"五行"。五行之间有着紧密的关系，有的能够催生另一种元素，叫作"五行相生"，有的能够克制另一种元素，叫作"五行相克"。

具体的相生关系是：金生水，水生木，木生火，火生土，土生金。

具体的相克关系是：金克木，木克土，土克水，水克火，火克金。

这五种构成世界的基本元素（sù），都有各自的神，分别是金神、水神、木神、火神和土神。

五行之神中，土神的地位最高。为什么这么说呢？因为"民以食为天"，对人们而言，吃饱肚子不饿死，是跟天一样重大的事情。我国自古以农业为主，土地是人民的衣食之源，所以，中国人最尊重、眷恋土地。

还记得我们在前言里讲过天神和地祇的区别吗，土神就属于地祇，而且是最重要的地祇。

最初的、最基本的地祇，是我们已经很熟悉的女娲大神。有的古书说"女娲地出"，就是说女娲是从地里诞生的，是位古老的地祇。我们现在常常亲切地提到"大地母亲"，或者简称为"地母"，就是这种古老观念的遗存。在女娲的时代，还没有后来的五方上帝，女娲就是那时最大最尊贵的神了。

当然，女娲并不简单地等同于土地神，她的职责包罗万象，但的确有土地神的含义在其中。后世祭祀天地，叫作祭祀"皇天后土"。其中，

后土娘娘像。在先秦的文献中，后土本来是男性，但随着阴阳学说的发展，天阳地阴、天男地女的观点深入人心，后土自然而然地演变为女性神的形象。

"后"是"君主"的意思,"后土",就是土地的君主,是大地之王。在这样的祭祀中,"后土"或者说"地母"常常就是女娲的形象。

后来,大神女娲隐退了,土地神这个职责传到了一个专门神的手中,人们就将这个专门的土地神直接称呼为"后土"。

到了"五方上帝"的时代,五行神被分别配给五方上帝,去做了他们的属神,土神后土便是黄帝的属神。后土是南方天帝炎帝的后代,是水神共工的儿子,也就是火神祝融的孙子。夸父族则是他的后代。

除了土地之神,后土还有另外一个职能:冥(míng)神,我们会在后文专门讲。

土地是一切生命的起源,也是一切生命的归宿。后土神担负着养育万物和收回万物两种相反、相成的功能,所以,他的模样有的时候显得很慈(cí)祥,有的时候又显得很威猛。

与金神、木神等一样,土地神也有总神和分神的区别。后土是总的土神,而各地都有自己当地的土地神。这些小土地神受到当地官民的尊重和祭祀,不过势力范围有局限,在自己的地盘之外,他们的神力就不行了。像《西游记》里动不动就被孙悟空欺负的"土地老儿",就是这样的小土地神。

金神蓐收拿着大斧子

五行之中，土能生金。讲过土神之后，我们来讲讲金神。

金神，就是金属之神的意思。金属包括铁、铜、锡、金、银这一类东西。这些古人在日常生活中能够接触到的金属，对于他们的生产和生活是非常重要的。

比如，将铜和锡或铅按照一定比例混合到一起冶（yě）炼，就可以得到青铜，用来制造刀、枪头、宝剑、锄头、犁铧等兵器和农具，也可以用来制作食器乃至祭祀用的礼器——比如世界上最大的青铜礼器"后母戊（wù）鼎（dǐng）"，就是我国商朝的一位王为了祭祀他的母亲"戊"而特意铸造的。铜、金、银还可以用作货币。炼铁术发明之后，由于铁比青铜更坚固，渐渐地铁成了兵器和农具的材料主力，成了人们生活中不可或缺的东西。

那么，负责司掌金属的神到底是谁呢？他的名字有点儿不好记，叫作"蓐（rù）收"，又叫作"该"，我们前面提到过。

"蓐"的本意是指曾经被割掉的草又重新长起来，引申为草很茂盛的意思。"收"是收割、收获的意思。"蓐收"两个字加在一起，就是收割茂盛的草。收割茂盛的草需要什么工具呢？原始先民曾经用过石斧、石镰之类的东西，原始冶金术出现之后，就改用镰刀之类的金属工具了，又省力又快捷。所以，司掌金属的神叫"蓐收"这个怪名字其实一点也不怪，这个名字形象地表示了金属在生活中的用途。

蓐收的长相非常威猛。他有一张人的脸，身上长着白毛，手是老虎

古代典籍中的蓐收形象

蓐收（*Myths & Legends of China*, 1922）

爪子。与火神祝融相似，他的耳朵上也挂着蛇来做装饰，并且他出行的时候也驾乘着两条龙（在神话里龙和蛇是差不多的，所以有的地方记载为驾蛇，有的地方记载为驾龙）。他的手里拿着一把曲尺（就是"矩"），又拿着一种叫作"钺"（yuè）的斧头样的兵器。蓐收的这种威严相貌，跟他的另一个职司——主管刑罚有关系。

蓐收是属于西方的神，在古人的心目中，西方总是跟白色、秋天、丰收、萧条这样的概念连在一起。割草，本来是丰收季节的收获行动，可是割完草之后，大地就显得荒凉萧条了，甚至，有一种"肃杀之气"。所以古代的人认为，这个萧条的季节很适合惩罚罪人。蓐收手里拿着的那个金属兵器"钺"，就是用来砍掉罪人的脑袋或者手脚的。

蓐收是西方天帝少昊的属神，帮助少昊管理着一万两千里的西方之地。有人说蓐收是少昊的儿子，也有人说是少昊的叔父，总之，他们之间是有亲属关系的。

除了掌管金属和刑罚，蓐收还有一项有趣的职责，那就是：主管太阳落山。据说蓐收居住在西边的泑（yōu 或 āo）山里，每天黄昏之时，他都要站在泑山上，和站在长留之山上的少昊一起，向西监视太阳落入地平线下的情况。不知道是不是因为以前太阳十兄弟不按规矩行动给世间带来过巨大的灾害，神界都害怕了，提高了警惕，所以派他们一起来承担这个责任。

金神也有总神和分神的区别。蓐收是总的金神。具体到不同的金属，还会有不同的分神，比如铜神、铁神什么的。关于他们，民间也有一些小故事流传。

比如北魏有个叫郦（lì）道元的人写了本《水经注》，里面提到在重安县（位于今天的湖南衡阳地区）有个叫略塘的池塘，据说塘中就住着铜神。周围的人们经常听到水里传来敲打铜器所发出来的声音。每次这种声音传出来的时候，塘水就会一下子变成绿色，而且发出铜腥味，然后塘中的鱼类就都死掉了。看来这位铜神的性格跟他们的总神蓐收相似，也是很不好惹的。想来，铜神这种目中无人、我行我素的脾气，应该跟他是用来制作货币、礼器的原材料这种举足轻重的地位有关吧。

鱼鸟变身的海神玄冥

五行之中，金能生水。

在金神蓐收之后，我们来讲讲集水神（雨神）、北海之神、风神等职责于一身的玄冥。

他是北方天帝颛顼的辅神，又名禺强或者禺京。他长着人的脸和鸟的身子，两只耳朵上各挂着一条青蛇当耳环装饰，两只脚还各踏着一条红蛇，手里经常拿着秤砣。

玄冥（禺强）是东海之神禺䝞（xiāo）的儿子。那么作为老爹的禺䝞又是什么模样呢？他同样有着人的脑袋，鸟的身子，只不过耳朵上挂的是两条黄蛇，脚下踩的也是两条黄蛇。不看蛇的颜色的话，这父子俩还真是一个模子刻出来的。

禺䝞、禺强父子的形貌，有没有让你想到雨师妾？妾的皮肤黑黑的，两只耳朵上都挂着蛇，两只手上还各拿一条蛇。从他们的形貌上看，可能他们都来自鸟族的神国，跟少昊、句芒等都是有关系的。他们的职司和本领，也有很多相似的地方。

玄冥与水的关系很深。每当世间需要从天上降水的时候，他就施展神力，用大风将海水、河水、湖水等卷到空中，搬运到缺水的地方，然后再变成大雨落下来。在这个过程中，他的风神、海神、雨神／水神功能就完美地统一到了一起。

上面提到的人首鸟身，是玄冥作为风神在空中行动时的形象。当他作为海神潜入海中之后，他又会变成另一种形象：人首鱼身，而且还有

玄冥（禺强）（《山海经》明代绘图本）

手和脚。所以他是一个会根据环境而改变自己形貌的神。后世的《庄子》一书里有个"鹏"（péng，巨鸟）和"鲲"（kūn，巨鱼）互相变化的故事，可能就是玄冥的奇特神力在后世的流传。

《庄子》里又提到北海之神名叫"若"，或称"海若"，可能是玄冥名号的另一个流传版本。

方脸鸟身的木神句芒

五行之中，水能生木。如果你养过花，你一定知道花木的生长主要靠阳光和水。一旦缺水严重，花木便会枯死，这就是"水生木"的主要意思。讲过水神之后，我们来讲讲木神吧。

木头对于人们的生活重要不重要？当然很重要。尤其是很久很久以前的远古人，他们生活在大自然中，天天从树木上采集果实，借助树木的枝叶挡雨、躲烈日，模仿鸟类用树枝搭建窝棚，折下树枝当武器对付野兽和其他的部落……进入文明时代后，人们又将木头砍下，建房屋，做成家具和碗、筷、盆、桶等各种器具……可以这么说，没有木头，就没有人们的正常生活。由此可见，对于人们而言，木神是很重要而且很亲切的一个神。

前面我们已经多次提到过，木神名叫句芒——再次提醒你，这两个字要念成"勾芒"，"句"在这里可不是"句号"的"句"，而是"勾"的异体字，念也念作"勾"，是小钩子的意思；"芒"，就是小刺的意思；"句芒"加到一起，就是小钩小刺。

木神之所以叫这样一个怪名字，是因为在古代人的观念里，木神总是跟春天联系在一起的，句芒又兼春神。春天的时候，初生的草木看上去、摸上去总是有许多小钩子、小芒刺，毛茸茸的，所以"有勾有芒"就成了春天树木的特征。人们用这个称呼来给象征春天、象征草木的神命名，真是太合适了。

木神兼春神句芒不仅名字怪，模样也很怪。他长着一个人的脑袋，

句芒（《山海经存》）

脸却是方方的，并且还有着一个鸟身子。句芒老是穿着一件白色的衣服，手里拿着圆规。所以，句芒看上去是一只白色的人头鸟的样子。句芒虽然有翅膀，出行的时候却不用它们来飞翔，因为他的脚底下驾着两条龙飞来飞去，就像禺䝞和禺强两父子一样。

句芒又叫作"重"（chóng）。注意了，前面我们说过北方天帝颛顼曾经派遣大神"重"和"黎"去将天上和人间的通路隔断，其中这个"重"与句芒并不是同一个神。因为阻断天梯的"重"据说是颛顼的孙子；而木神句芒这个"重"呢，据说和金神蓐收一样，是西方天帝少昊的儿子或者叔父。

句芒是东方天帝太皞的属神，帮着太皞一起统治和管理东方一万两千里那么广大的土地。东方的神国树木终年苍翠繁茂，充满了昂扬的生机，这跟句芒的贡献是分不开的。后来，人们在每年立春的时候祭祀句芒。

与很多神灵类似，句芒所承担的使命也不是单一的。因为他具有与树木、春天、生命联系在一起的特质，所以有的时候，句芒也负有"司命"的职能，就是说，他还可以主管人的寿命。

中国古代有本书叫《墨子》，里面记载说：春秋时期，郑国的国君郑穆（mù）公有一天中午到宗庙去。他正在里面祭拜祖宗时，忽然看见一个神从大门口进来，往左边一拐。这位神鸟身子，穿着素白的衣裳，脸几乎像个正方形，怪吓人的。郑穆公见了很害怕，撒腿就往外跑。这时方脸鸟身的神开口对他说话了："不要害怕，我并不是来对你不利的。天帝因为你有德行，特地命我前来赐予你比原来再多十九年的寿命。有了这些增寿，你可一定要让国家昌盛、子孙繁茂，千万不要将郑国的国土丢失了啊。"郑穆公激动得连连磕头，问这位神："请问尊神的名号是什么呢？"这位神就回答说："我是句芒。"

看来，天帝对于句芒"司命"的职责是很认可的。这位天帝是谁呢？想来应该是东方天帝太皞吧。

暴脾气的火神祝融

五行之中，木能生火。我们后面会讲一个"钻木取火"的故事，就是说人们用干木棍以适当的方法持续向干木块中钻动，就能产生火星，从而引燃周围的枯枝干叶，制造出人工火种。而为了让火持续燃烧，也需要不停地往里面添加木柴。正是从这样的生活实践中，人们明白了"木"与"火"之间的关系。

讲过了木神，接着来讲讲火神的故事。这位火神，就是我们已经很熟悉的祝融。

传说祝融是南方天帝炎帝的后裔（yì）。他有着人的脸和野兽的身体——至于是什么野兽，古书中记载得不清楚，想来应该是虎、豹之类吧，因为只有那样的野兽，才配得上祝融威猛的性格嘛。与木神兼春神句芒相似，祝融出行时也是以两条龙为坐骑的。

祝融掌管着火，也就掌管着炎热，炎帝让他做自己的辅神，真是再合适不过了。中国位于北半球，在我们先民的经验里，南方是最热的，火神就应该待在南方。如果换到南半球的国家，那里的四季冷热规律与北半球相反，那里的土著神话一定不会将南方和炎热联系在一起。

古代楚国人认为祝融是他们的祖先神，曾经在天地遭遇一次灾祸的时候，再创了这个世界。所以在古楚人的心目中，祝融可不是什么辅神，而是跟天帝一样了不起的大神。

火神祝融有好几个孩子，水神共工是其中最著名的一个。我国古代有本奇书《山海经》，记载了许多的奇神异兽，里面说，祝融是从天上

祝融（《山海经绘图广注》）

降到江水上生的共工。这里的"江水"，可能是指长江。祝融的妻子即共工的母亲是谁，我们不大清楚。想来，一定是个很了不起的女神，不然，也对付不了火神祝融的暴脾气嘛。

我们已经多次讲过，火神祝融曾经与水神共工打架，造成了天塌地陷的恶果。关于这件事，有两个有趣的问题。

首先，为什么火神生下的儿子会去做水神呢？这个问题还真不好回答。也许是因为共工生于江水？或者是因为共工反叛老爹在先，天帝见他们父子的矛盾实在太过尖锐，根本无法调和，所以索性派共工去做了火神的对头水神吧。

其次，祝融与共工为什么要打架呢？

从生活的道理上讲，你也可以猜到：因为水跟火是不相容的啊！它们一旦直接接触，不是水将火扑灭，就是火将水烧干，根本没办法相安无事、和谐共处。

从神话的角度来讲，共工的脾气和他老爹一样暴躁，甚至比他老爹更加火爆，他长大之后不服老爹的管教，处处跟老爹作对，老爹对他自然也越来越看不顺眼。矛盾日积月累，两人之间的恶战终于爆发。不过，有句话叫作"姜还是老的辣"，祝融的神力更大，共工怎么打也打不过他，也就是说，大水怎么也浇不灭大火。共工的坏脾气发作起来：好，你不让我赢是吧？大家都别想痛快！我非把这世界搅个天翻地覆不可！这么着，他顺势奔向西北方，将盘古手脚所变成的、好端端一根顶天立地的大粗柱子拦腰撞断了。

当水神共工捣乱的时候，火神祝融在做什么呢？他当然要更加猛烈地施展神力烧起大火，来试图克制儿子发出的大水了。所以女娲补天前那满世界的熊熊大火，跟祝融是脱不了关系的。不过，祝融毕竟知道对错，他并不赞成儿子将灾祸蔓延的做法，站到了与儿子对立的天神阵营里。后来到帝尧时期，共工又出来作乱，祝融就接受帝尧的命令，将尧认为治水不力的鲧（gǔn）给杀了。这说明，祝融一直都没有放弃制伏水神和水患的努力，也为大禹最终建立大功打下了基础。

除了共工，祝融还有几个儿子和一个女儿。其中一个儿子叫琴，人们又称他为太子长琴。他为什么会叫这个名字呢？原来，祝融曾经亲自用榣（yáo）山上的木头制作了一把宝琴。祝融弹琴的时候，凤凰、鸾（luán）鸟之类的吉祥五色鸟纷纷飞到庭院中翩翩起舞，随后祝融就有了这个儿子。祝融就以"琴"来为他命名，他长大后也很擅长演奏音乐。祝融与太子长琴的父子关系很和谐，看来祝融还是可以做一个好父亲的。

祝融的女儿叫作丁竽（yú），是温泉之神。她继承了父亲祝融澎湃（péng pài）的热力，能将冰冷的泉水变得热乎乎的。

小鸟精卫的复仇

炎帝的神族里,有位大名鼎鼎的女神,她就是不肯妥协、不肯认输的精卫。

精卫原本是炎帝的一个小女儿,名字叫作女娃,尚未成年。

有一天,女娃驾着船到东海上游玩。平时东海风平浪静,并没有什么危险。没想到,这一次海面上忽然掀起了滔天巨浪,狂风夹杂着暴雨呼啸而来。女娃的船无法抵御这么大的风浪,终于翻沉了。

女娃掉进海里,拼命挣扎。可是别的人离她太远,哪里来得及救她呢?女娃就这样淹死在了东海里面。

女娃死后,她的精魂变成了一只小鸟。小鸟的身形有些像乌鸦,不过是花脑袋、白嘴、红红的足爪。她的叫声听起来像是"精卫,精卫",于是人们都把她叫作精卫鸟。她算是一种鸟形神。

精卫鸟（《山海经》明代绘图本）

精卫平时栖息在发鸠之山上，那座山上有很多柘（zhè）木，足以让她拥有安宁的生活。可是，精卫绝不肯忘记东海吞噬掉自己生命的仇恨，不肯顺从地接受自己变身成为鸟类的命运。她经常衔着山上的木头和石头飞到东海上空扔下去，想要将东海填平，来为自己报仇。

浩瀚的东海仍旧汹涌着巨大的波浪，小小的精卫衔来的木石掉进去，不过冒个微弱的水泡就不见了。东海并没有任何改变。

精卫的嘴那么小，力量那么弱，每次能够衔来的树枝和石头都只有可怜的一点点，要是靠这么搬运，她得多久才能达到自己的目的呢？可是她毫不气馁，就这样一趟一趟往返飞着，满怀壮志，不知疲倦。

据说，后来精卫又与海边的燕子结成了配偶。他们生下来的孩子，雌的长得像精卫，雄的长得像海燕。于是，越来越多的精卫加入了衔木石填东海的复仇之战。看来，她们这个大仇不报，是不会罢休的了。

人们被精卫不屈不挠、不畏艰难、以小撼大的精神深深感动，将她的故事记录下来，几千年流传不衰。晋代著名的诗人陶渊明还写诗歌颂她："精卫衔微木，将以填沧海。……同物既无虑，化去不复悔。徒没在昔心，良辰讵可待。"

一家之主灶神

前面讲了许多管理天地间万事万物的神祇，那么，有没有专门管理家里事物的神呢？当然有，灶神就是典型的家神，每家每户都有一个（或者一对）。灶神平时在灶台那里承受本家的烟火，只管自己门户里的大事小情，决不跟别人家的相混。

灶神是怎么来的呢？有人说，灶神是炎帝死了之后变的。也有人说，灶神是颛顼的儿子担任的。颛顼帝有个儿子叫作穷蝉（或称穷系、犁），他曾经担任火官——管理伙食的官员。大概他这火官当得很不错，在他死后，人们就祭祀他，将他奉为灶神。

传到后世，人们已经不太清楚灶神的这个来历，倒是对他的名字还有一星半点的印象。于是，人们开始讲述另一个版本的灶神故事。

他们说，灶神姓张，叫作张单——这个"单"就是从"蝉"字演变来的。张单是个年轻人，有个相爱的姑娘叫作郭丁香。可是后来张单学坏了，不务正业，郭丁香劝他，他不听，反而吵着跟郭丁香分手了。

后来，张单败光了家业，穷困潦倒，在街头乞讨。没想到有一天，张单讨饭讨到了郭丁香面前。郭丁香见了他的样子并没有嫌弃，带他到厨房里吃饭，给他衣服穿，并且劝他改过自新，说自己仍然愿意等他。

张单听了郭丁香的话羞愧难当，终于彻底意识到自己以前的行为是多么可耻。他没脸再活下去，一头扎进炉火熊熊的锅灶里烧死了。

俗话说，"浪子回头金不换"，张单能够认清错误幡然悔悟，人们就原谅了他。玉皇大帝知道这件事后，有感于张单自投锅灶，就命他做

年画上的灶王爷和灶王奶奶形象

了灶神,又称灶王爷。郭丁香呢,就成了灶王奶奶。我们可以认为,张单和郭丁香是继穷蝉之后的新一代灶神,张单是男灶神,郭丁香是女灶神。

人们将张单和郭丁香的模样画成像,贴在自家锅台前面。人间有多少户人家,灶王爷和灶王奶奶就有多少个分身。"二十三,糖瓜粘",每到农历腊月二十三日,他们上天向玉皇大帝汇报工作之前,人们都用糖瓜抹在他们画像的嘴巴上,让他们"上天言好事",再从玉帝那里多带些福气回来,"下界保平安"。

了不起的八方大神

讲过了五帝及其神族，我们再把目光放到中原的四面八方去，看看那里的神祇们都有什么样的故事。八方，是指东、南、西、北、东南、西南、东北、西北八个方向，泛指各个方向。我国上古八方的大神很多，要讲的话，一年也讲不完，所以我们只能挑几个做为代表略微讲一讲。

昆仑山主神西王母

前面我们讲过,神箭天神大羿曾经历尽艰险取道昆仑山,向西王母求到了不死药。那么,昆仑山到底是什么山,西王母到底是怎样的一个神呢?

古早的古早以前,在西海的南边、流沙的旁边、赤水的后方、黑水的前方,有一座大山叫作昆仑山。

昆仑山上什么好东西都有,可是常人很难靠近它。因为,它的四周围绕着叫作弱水的深渊。弱水,就是说这种水的力量非常非常弱,就算是漂一片鸿毛到水面上,都浮不起来。这样的水,根本就没办法行船。不仅如此,在弱水外围,又有燃烧着熊熊火焰的大山,扔个东西进去就会燃烧起来,普通的人和鸟兽又怎能穿过去呢?昆仑山就是这样被水火两重天险保护着,想要进去,那可是千难万难的了。

在这座神秘的昆仑山上有个山洞,山洞里,住着一个神,叫作西王母。祂长得大体像人,但是有老虎的牙齿和一条花里胡哨的豹子尾巴。祂的头发总是乱蓬蓬的,上面簪着用鸟的羽毛做成的头饰。祂特别善于长声啸叫,没事就走出山洞,对着苍茫的山林发出威严的长啸。

西王母是专门掌管瘟疫和刑罚的凶神。凶神的意思,不是恶神,而是很严厉的神。祂对于那些破坏宇宙秩序的家伙,会用瘟疫和刑罚来惩处。

西王母有三只红脑袋黑眼睛的青鸟,分别叫作大䴔、大䴕(lí,又写作黎)和少䴕,它们是老鹰那类的猛禽,负责替祂找食物。西王母长着老虎的牙齿，可以很迅速地吃掉大羿等找来的各种动物。西王母还有一只三足鸟，负责替祂干其他的杂活儿。

以上就是西王母在神话中的最初记载。

随着时间的流逝，西王母在人们心目中的形象渐渐变了，她成了女仙的首领，一位雍容华贵的女神。

这时的西王母掌管着长生不死的灵药。这些不死药，是采了不死树上的不死果炼成的。又传说她的瑶池里还种着三千年一开花、三千年一结果的仙桃，人吃了可以不死，神吃了更能够益寿。世间无论人或是神，都千方百计想要去到她那里，讨些灵药或者仙桃来吃。

西王母的神力很伟大，除了前面讲过她曾经赐给大羿不死药、用发簪一划造出了银河之外，她还有许多事迹流传。

比如，在黄帝与蚩尤的大战中，西王母曾派自己的弟子、人首鸟身的九天玄女下凡，向黄帝传授灵宝之符。她还派金星下凡变身黄帝的臣子风后，发明出了在迷雾中辨别方向的指南车，帮助黄帝打败了蚩尤。

又如后来大禹治水时，在巫山遇到很大困难，西王母就派第二十三个女儿云华夫人传授给大禹策召鬼神之书，帮助他开山辟路，成功地疏导了洪水。

再往后，周朝的天子周穆王、汉朝的天子汉武帝等，都曾经与西王母见过面，得到她馈赠的仙物。

东王公骑黑熊

在较早的故事里,西王母有个伴儿,叫作东王公。这是怎么回事呢?

古早的古早以前,在东荒山里有个大石洞,石洞里住着个神仙,叫作东王公。

东王公的身材挺高大,有一丈那么长。一丈是什么概念?假如他到你家里去,站在你家地板上,脑袋就跑到楼上邻居家去了。说不定,他就那么待着跟你邻居一起在餐桌上吃饭,那高度还绰绰有余。

东王公的样貌,大体跟人比较接近,不过,他的头发全是白的,有着鸟的脑袋和老虎的尾巴。他老骑一头黑熊出门,边走边左顾右盼的。想来,骑黑熊也是一件很拉风的事了。

东王公喜欢跟山中的另一位女神玩一种投壶的游戏。我们不清楚那女神的名字,人们就叫她玉女,想来是很美的了。游戏怎么玩呢?大略就是拿些树枝之类的东西,往一个水壶模样的容器里面扔,比谁扔得准、扔进去的多。

他俩每次玩,都至少要投一千二百次。如果树枝都投进壶中没出来,连老天也要感叹他们的精准;如果有没投中掉出来的,老天又要大笑起来了。噢,你一定要问,老天是怎么叹气的?大概就是吹吹小风之类的吧。老天又是怎么大笑的呢?有人说,那就是闪电了。

在这个版本的故事里,东王公原本是太初时候与西王母同时诞生的神,他们是一对儿(这很像前面讲过的"阴阳神"故事,是吧)。东王公虽然住在东荒山,可是每年都要跟住在西边的西王母会一次面。

他们会面的地点,说起来,你可是轻易想不到的。

你可记得,昆仑山上有根围合起来有三千里那么粗的巨型铜柱,那就是天柱。天柱下面有个方圆一百丈的地方叫作回屋,昆仑山所有神仙的府邸便都安置在那里。

在这个所有神仙居住的回屋的上方,有一只叫作"希有"的大鸟。希有,就是很少有的意思。它平时到底是悬停在回屋的半空,还是一直盘旋飞翔,还是有时动有时静呢?我们不太清楚。

希有的身体,说起来大得吓人,它背上那些比较小的没有长羽毛的地方的面积,加起来就有一万九千里!这样一只超级巨鸟,当真是世间罕见,难怪叫作"希有"。

希有的脸总是冲着南方。它张开它那无与伦比的超级大翅膀,左边的翅膀下面覆盖着东王公,右边的翅膀下面覆盖着西王母。到了每年约定的时间,西王母和东王公就登上希有的翅膀,到它那广阔无垠的背上去见一面。

玉皇大帝是何许神也

西王母在后来又被人们称作"王母娘娘",认为她是所有女神仙的首领,跟玉皇大帝一起统治宇宙,一人管一半儿。那么,玉皇大帝又是怎样的神呢?

我们可以认为,玉皇大帝是继中央天帝黄帝之后的新一代"神王"。前面我们讲过,很早以前的混沌神可能是第一代中央天帝(还不是"神王"),后来有了作为最高天神的太帝,后来又有了下一代中央天帝黄帝。黄帝"退休"之后,权力最强的大天神先是颛顼,后来是帝喾,但一般并不说成是"神王"。

在帝喾时代也过去很久之后,天上最大的神就是玉皇大帝了。

"玉皇大帝"是"玉帝"的扩展说法,其实是远古"太帝"在后世的幻身。我们中国人推崇玉,认为它极其宝贵、极其高雅、永恒不朽,因此,对于心目中的最高神太帝/泰帝,就加一个"玉"字来形容。"大"表示尊敬。"皇"和"帝"来自"三皇五帝",是对上古几位大天神的称呼,所以,将"玉"和"大"与"皇"和"帝"搭配组合,就得到了"玉皇大帝"这个称号。

当然,玉帝成为人们心目中的最高神代号有个过程,经过晋朝、唐朝的演变,到了宋朝,人间的皇帝们一次又一次地给玉帝加封各种了不起的称号,比如"昊天金阙无上至尊自然妙有弥罗至真玉皇上帝""太上开天执符御历含真体道昊天玉皇上帝"等等,终于将"玉帝是至高无上的神王"这个观念,牢牢地在人们心中树立起来。

与此不同的是，在道教中，对于玉帝与三个至尊神"三清"（玉清、上清、太清）的关系有另外的解释，但跟神话的关系不很紧密，我们暂时不必去管它。

玉帝的形貌是怎样的呢？他是一个标准的人类成年帝王模样，五官端正，唇红齿白，只不过脸型与身材更显雍容富态，衣服装饰更华贵庄严。因为他的仙寿极高，所以还有着长眉毛、长眼睛、长胡须，并且他的位置，是端坐在云上的凌霄宝殿中。

他的生日是每年农历正月初九。至今我国许多地方都会在这一天隆重地祭祀他。

关于玉皇大帝本身的事迹并不多，大多数故事里提到他，都是作为背景人物出现的。

比如"二郎神劈桃山救母"的故事说，玉皇大帝的妹妹云华仙女私自下凡与人间青年杨天佑成亲，玉皇大帝知道后大怒，将云华抓回来压在桃山下。云华的儿子杨二郎长大后用神斧劈开桃山救出了母亲。因为这个缘故，二郎神虽然在神职上必须听命于玉皇大帝，却对这个舅舅一直很冷淡，平常也不在天上待着，常在灌口二郎庙那里保佑百姓，接受下方香火。

又如在"董永与七仙女"的故事中，不堪忍受天庭严苛生活的七仙女下凡与人间青年董永成亲，玉皇大帝知道后，命手下敲动天鼓催七仙女在午时三刻之前必须返回，否则就要将董永碎尸万段。七仙女无奈只能从命，两个相爱的人就此分开了。

当然，玉皇大帝这种宇宙大家长形象，也并不总是那么让人生厌。我们前面讲到过灶神的故事。每年农历腊月二十三，每家的灶神都会上天去向玉皇大帝汇报工作。这时候，玉皇大帝就会根据这家子一年来的表现，该惩罚的惩罚，该赐福的赐福。到了腊月二十五，他还要下凡巡视，于是家家户户都要摆香案迎接，叫作"接玉皇"。作为一个最高天

玉皇大帝像（明代壁画）

神，这也是玉皇大帝的基本职能。

现在来问个有趣的问题：玉皇大帝有没有姓氏？如果有，他姓什么？

别说，在有些神话传说里，玉皇大帝还真的像普通的凡人一样有个姓氏，他姓张。

在一些民间传说中，玉皇大帝并不是什么远古传下来的太一神，而是由一个普通老百姓升天后担任的。《西游记》里的孙悟空有句名言："皇帝轮流做，明年到我家"，就是说只要有本事，谁都有资格去争夺最高天帝的地位。我们来看一个唐代流传下来的故事。

渔阳（现在北京市密云县西南一带）这地方有个人叫作张坚，从小大大咧咧，做事情不拘小节。有一次他用网子抓到了一只白雀，很喜欢，就养了起来。当时的天帝（天翁）姓刘，也称作"刘天翁"。张坚做了一个梦，梦到刘天翁责备他那些任性狂妄的行为，想要杀掉他，张坚很紧张。可是后来，每当天翁打算对张坚有什么动作，白雀都会知道，然后提前告诉他，于是张坚总能躲过去。天翁试了几次不成功，很奇怪，就亲自下凡来看。

张坚准备了盛宴来款待天翁。趁着天翁吃喝得高兴没注意，张坚偷了天翁的白龙车飞上天去。天翁发觉之后急忙骑上剩下的龙去追，却没有追上。张坚到了天庭玄宫之后，立刻自己做了天翁，把所有的神官都换了，又把北天门堵上，还封白雀为神鸟。刘天翁失去了自己的地盘，再也做不成天翁，只好在五岳间徘徊，给张天翁捣乱。张天翁没办法，只好让刘天翁去做了泰山的太守，专门主管人间的生死簿，也就是冥神。

鸟族最高神帝俊

前面我们讲过,"五方上帝"中东方天帝太皞和西方天帝少昊都来自东夷族。其实东夷族还有个非常了不起的大神,叫作帝俊。

东夷族崇拜鸟。帝俊又写作帝夋（qūn）,他的形貌很奇特:长着鸟的脑袋、猿猴的身子。有人说,可能太皞和帝俊是指同一个神。不管是不是,总之他们都来自鸟的王国,彼此之间肯定是有关系的。

帝俊喜欢与三种美丽的五彩鸟做朋友,一种叫作皇鸟,一种叫作鸾鸟,一种叫作凤鸟。五彩鸟居住在东方的荒野里。帝俊经常从天上下来,在两座神坛上与它们一起翩翩起舞。

帝俊自己有一片竹林,就在北方荒野的卫丘南面。既然是天神的竹林,当然跟凡间的普通竹林不一样了。这片林子里的竹子非常粗大,剖开其中的一节,就是一只天然的船。再配上一根细竹竿或者一把木桨,就可以将这只竹节小船划走了。

据说,帝俊有三个妻子:日神羲和生下了十个太阳,月神常羲生下了十二个月亮,还有个叫作娥皇,生出了下方的三身国——这个国家的每个人都是一个脑袋、三个身子。

三身国在大荒的南野中,附近还有个季厘国,也是帝俊的后裔。除了这两个国家,帝俊在大荒的东野中也有几个子孙国度——中容、司幽、白民和黑齿。白民国的人大概皮肤很白,黑齿国的人牙齿都是黑色的,最有趣的是司幽国,他们的男人女人不结婚,只要互相瞪一瞪,就可以感孕生子了。

帝俊的子孙后代里有很多能工巧匠,比如会造船的番禺,会做车的吉光,发明家巧倕等等。

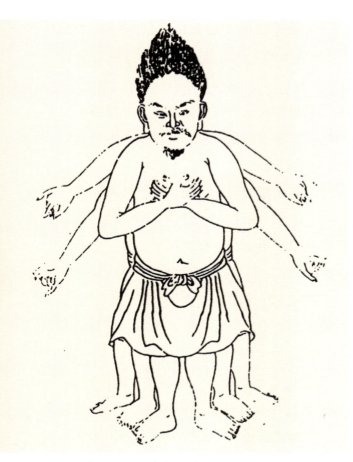

三身国的国民(《边裔典》)

黑齿国的国民(《山海经存》)

蚕丛大王的金蚕

在我国的西南方、今天四川一带，上古时期有个古蜀国。

古蜀国的第一位神王叫作蚕丛，他的模样非常奇怪：两只眼睛的眼珠子像两根小柱子，往前方直直地伸出来，就好像在眼球上直接安装了两个单筒小望远镜似的。他的嘴唇又扁又薄，鼻子高挺而宽实，耳朵有点像一种叫作"戈"的兵器的顶端那样，上部往外支棱着。

蚕丛和他领导的人民都梳着锥形发髻，有的还编条大辫子盘在脑袋上。他们穿着斜襟的衣服，并且"左衽"（rèn）——也就是说上衣的右片压着左片，在身体的左侧开口，这与中原的"右衽"（上衣的左片压着右片）习俗恰好相反。

在高高的岷山山脉里有很多石头，开采起来也比较方便。蚕丛带领人民用石头建起了自己的屋子，叫作"石室"。

蚕丛为什么会叫这么个奇怪的名字呢？那是因为，他会养蚕，并且教会了人民这项非常重要的生产技能。

为了让人们能够顺利养蚕，蚕丛大王做了几千头金蚕。每年年初，他就从自己的石室里把这些金蚕拿出来，每家每户发一条，让他们拿回去，放在自己养蚕的地方。说来也神奇，凡是得到了金蚕的人家，这一年养的蚕一定特别多、特别大，出的丝一定特别足、特别好。蚕桑季节结束之后，人们就会将金蚕还给蚕丛大王，让他给它们重新注入神力，直到下一个蚕桑季节到来。

蚕丛大王非常关心人民的生产事业，常常在自己的国度里巡视。他

四川广汉三星堆出土的青铜纵目面具,被认为是依据第一代蜀王蚕丛的形象制作的

每到一个地方,那里的人们就会自动聚集起来,形成一个集市。人们在集市中进行着蚕丝和其他农作物、猎物、工具等的交换。蚕丛大王离开之后,那里的集市也就解散了。

蚕丛大王一直统治了蚕丛古国好几百年。因为他总是穿着青色的衣服,在他死后,人们就将他奉为"青衣神",还用石头做他的棺材。青衣神就是蚕神,有他保佑,蚕桑业将继续兴旺发达。今天四川境内的青衣江,就是根据蚕丛的别号来命名的。

也有人说,其实蚕丛大王根本就没有死,他只是回到天上去了。

大司命与少司命

在南楚(我国的东南方,主要在湖南、湖北)这一带地方,神的秩序与中原有所不同。前面提到过南楚的始祖神祝融,现在我们讲讲南楚的另外两个神——生死之神大司命和子嗣之神少司命。

大司命掌管着人世间的寿夭(yāo),也就是说,每个人能活多少岁,完全是由他决定的。

大司命根据万物的阴阳之理,让人们在该存在的时候诞生或逃脱灾难,在该消失的时候无可挽回地死去。他所掌握的这个道理非常艰深,世间没有人能够真正明白他的所作所为究竟有何依凭,因此人们对他总是满怀深深的敬畏。

大司命出行的时候排场非常宏大。天宫的大门为他倏(shū)尔大开,千万层的云楼雾阁次第避退,他乘着一大团黑云出来,他的形体在黑云中若隐若现。呼啸的狂风在前面为他开辟道路,泼天的暴雨为他先行冲刷掉路途中的尘土。在他的身前和身后,无数的属神紧紧跟随。

大司命乘着清气,驾驭着阴阳,掠过万千的山峦丛林、江河湖海,他的灵衣在空中飞扬,玉佩随着他的飞旋叮当作响。他的神巫从人间飞到空桑之山来迎接他,追随着他雷厉风行的速度,跟从着他一起检阅世间的生灵,还为他充当上天入地的前引,相伴着他踏上觐(jìn)见最高神的天路。

对于那些与亲爱之人分离的人,那些进入迟暮之年的老人,大司命会折下疏麻的花朵来安慰他们。人的寿命本来就是天数,他不过是天数

大司命　傅抱石 绘

手擎长剑、怀抱幼儿的少司命　七小 绘

的代言者罢了。悲欢离合，并非他刻意施降的赏罚。

少司命是主管子嗣的女神，也是儿童的保护神。所有渴望生养后代的世人，所有期盼子孙健康成长的世人，都会向她求告，从她那里获得子嗣常青的允诺和保障。

秋天，正是果实累累的季节，渴望自身开花结果的人们为迎接女神的降临精心准备了祭堂。地上铺设好了青青的兰草，以及能治疗女性不育之症的蘼芜（mí wú）等物。整个祭堂芬芳袭人。

少司命从高高的天空降临世间，她是那样美丽端庄，穿着荷衣，系着蕙（huì）带，浑身上下芳香馥（fù）郁。可是她神情黯淡，沉默不语，为了那些不能拥有自己孩子的世人而忧心忡忡（chōng）。

神巫们向她献舞，少司命降下神谕，要人们好好把握爱情关系，争取早日养育后代。少司命从神坛回到半空中，临风放声歌唱。

然后，她坐上有着巨大而华丽的伞盖的神车飞上九天，神车上插着的翠绿旌（jīn）旗猎猎作响。她施展神力，将那会给人们带来不幸的彗（huì）星驱逐开去。她一手高举长剑，一手将年幼的儿童抱在怀中，随时准备为了保卫孩子们的周全而向一切黑暗宣战。她是真正的生命守护神！

千姿百态的神祇们

除了那些家族庞大、声名显赫的神祇,其实,我国的神话世界中还有许多有趣而独特的神灵,本单元,我们就给大家介绍一些吧。

鲛人的手工与眼泪

前面我们讲过海神玄冥的故事,这一节我们再次深入海底,看看海里那有趣的神祇世界吧。

在南海中有类神灵叫作鲛(jiāo)人,是一种人鱼。也有人说,他们长得就是人的模样,不一定有鱼尾巴,只不过他们能够像鱼儿一样自由地在水中呼吸。

鲛人又名泉先,也叫泉客。他们的工作,是在海里纺织,这有点像织女在天上的工作,是不是?不过鲛人纺织出来的不是云霞,而是鲛绡(xiāo)纱。鲛绡纱也可以写作蛟绡纱,又叫龙纱,大多洁白得如同霜雪一般。更神奇的是,鲛绡纱泡在水中也不会湿,这大约是因为鲛人纺纱所用的材料都来自海底,而且纱又是在海底织成的缘故吧。因此鲛绡纱极其名贵,一匹纱的价值会超过一百两银子。

除了会纺织鲛绡纱外,鲛人还有更奇异的本事。传说有一次,一个鲛人从海里出来,借住在海边的一户人家,好出售他/她的鲛绡纱。不多日子货卖完了,他/她将要离开。临去之前,为了感谢主人家的盛情招待,他/她让主人家拿过一个盘子,自己对着盘子哭了起来。主人家惊讶地发现,鲛人落下的眼泪全都变成了一大颗一大颗的珍珠!咱们常说泪珠、泪珠,看来,鲛人流泪才是真正的滴泪成珠呢。

不多时珍珠积满了整整一盘,鲛人停止了哭泣,将盘子交给主人家。大颗的珍珠是很值钱的,何况是鲛人眼泪所化的罕见珍珠呢。好心的主人家得到了好的报答。

龙伯国巨人钓乌龟

既然说到海里的神人,我们就再讲一个与之相关的故事,不过这次这位神人并不是从海里出来的,却给海里造成了大麻烦。

在昆仑山以北九万里的地方,有一个龙伯国。龙伯国的国民全都是巨人,身体高到不可想象,大约伸出手摸到云总是可以的。他们还特别长寿,生下来要足足活一万八千岁才会死。人们就管他们叫"龙伯国大人",也就是龙伯国的巨人的意思。

有一天,一个龙伯国大人扛着钓竿出门钓鱼。他从龙伯国出发向南迈了没几步路,就来到了东海外的大洋中。

东海外有五座仙山,分别叫作:岱舆(dài yú)、员峤(qiáo)、方壶、瀛(yíng)州、蓬莱。它们都没有根,一直漂浮在海面上。那种不稳定的感觉,大致接近我们在电视里看到过的冰山。岱舆等五座仙山上住着许多神仙,大家对于仙山漂来漂去的状况都很不满意。

听了大家的抱怨,天帝就让北海的海神禺强派了十五只大海龟去把五座仙山驮起来。每三只乌龟共同负责一座仙山,一只驮着,两只在旁边守着,每六万年轮换一次。

龙伯国大人并不知道这些个情况。到了东海边之后,他随随便便甩几下钓竿,就把十五只大海龟中的六只钓了起来。他是巨人,看到巨龟当然很满意——普通海龟哪里够他填牙缝的呢?一口气钓上来六只，他觉得也够了，就把这些海龟背在背上，几步回到了龙伯国。

那么，被钓起来的大海龟是哪六只呢？它们就是负责驮起岱舆、员峤两座仙山的那六只。被龙伯国大人这么一捣乱，驮山的海龟没了，两座仙山遇到大风大浪就一直漂到了北极，并且，在那里沉到了海底。

在这个过程中，原本居住在岱舆、员峤两座仙山上的亿万神仙们可就倒了霉了。他们急急忙忙地搬家，抱着自己的箱笼被帐等东西在空中忙乱，像炸了窝的蜜蜂一样飞来飞去。好不容易消停下来后，他们纷纷去向天帝告状。

天帝得知此事后非常生气，就惩罚龙伯国，把他们的国土面积缩小，并把他们的个子降低。到了神农氏的时代，他们的个子已经一降再降了，可是还有几十丈高。按照今天的标准换算，至少有一百多米，相当于三十多层楼那么高呢。

夸父壮志追太阳

说到巨人,我们再来讲一个著名的巨人神族的故事吧。

前面提到,黄帝与蚩尤大战的时候,蚩尤曾经请夸父族来帮过忙。

夸父族本来是黄帝属神后土的子孙,居住在北方的荒野里。他们个个身材巨硕、力大无穷,手里经常把玩着两条蛇。夸父族中的一个成员还追赶过太阳呢。故事是这样的:

有一天,一位夸父族的巨人(我们可以直接叫他夸父)看见太阳鸟(金乌)从头顶的天穹上飞过,一路不歇向西而去,心中忽然一动。他想:一天过得实在太快了,如果我去拦住它的脚步,让它飞慢些甚至停下来,天就不会那么快黑下来了吧?

说干就干,夸父顺手抄起一根手杖,撒开大脚丫子,豪气万丈地与金乌赛起跑来,想要赶在它落山之前追上它。虽然我们知道女神羲和给太阳安排的出行时间是非常准确的,但是夸父想凭一己之力改变这一规律,也不是完全没有可能性啊。

可是,随着他越跑离太阳越近,他就越感到焦渴——毕竟太阳的热量实在太大了。他低下头,黄河与渭河就在他的脚下。他趴下去,一口气喝干了黄河和渭河的水。但是还不够,越来越近的太阳灼热地炙烤着他,他仍旧焦渴难当。他放眼一看,北方有个水量丰富的大泽。于是他撒开脚丫子又向北方跑去,要去喝大泽的水。可是很遗憾,他最终并没有跑到大泽,在半路上就被渴

夸父追逐太阳（《山海经》明代绘图本）

死了。他用来支撑着奔走的手杖掉在地上，化成了一片桃树林。

夸父虽然壮志未酬身先死，但他的勇气和行动力感动了亿万后世人。人们将他的悲壮事迹凝缩成"夸父逐日"这个成语，世世代代流传下来，激励自己为了追逐理想而努力奋斗。

夸父族因为帮助蚩尤被黄帝惩罚之后，很长时间都变得无声无息的。后来出现了一个夸娥氏族，据说是夸父族的后代。在"愚公移山"这个故事中，愚公发誓要带着子孙后辈一起努力，把挡在自己家门口的太行、王屋两座大山搬走。天帝知道后，就派夸娥氏的两个儿子去帮助愚公背走了这两座山。背山这种事，需要多大的力量才能够完成啊。可见，经过这么多年之后，夸父族的后裔仍然保持了祖先的巨人身材，仍然具有非凡的神力。

二郎担山赶太阳

说到追赶太阳,其实并不是夸父的专利,后来有一位二郎神,也做出了类似的英雄壮举。

前面提到过,玉皇大帝有个外甥,据说叫杨戬(jiǎn),排行老二,民间叫他杨二郎,或者二郎神。

二郎神有三只眼,第三只眼立着长在脑门正中,具有巨大的法力,能够识别妖魔,还能够发出神光驱逐邪恶。此外,二郎神力大无比,当初他的母亲云华仙子下界与人间男子杨天佑结婚,被玉皇大帝抓回来压在桃山之下,他用一把巨斧劈开桃山将母亲救了出来。由此你可以想见,他的本领到底是怎样高强了。

有一阵子,不知什么原因,天上出现了十三个太阳。人们就像生活在油锅里一样,痛苦极了。二郎神见到这个情形,决心解除人民的苦难。

十三个太阳在天上乱逛,怎样才能让他们消失呢?二郎神看着身旁的大石山有了主意。如果把多余的太阳都压到山下、深埋进地里,问题不就解决了吗?——这个用山来镇压对手的法子,也许他是从舅舅玉皇大帝对付他母亲的经验里学来的吧。

思谋已定,二郎神操起一根硕大的扁担,往左边的石山上一戳,再往右边的石山上一戳,一个巨大的担子就出现了。他将扁担架在肩上,担着两座大山飞奔而去,就像担两捆柴草那么轻松。

二郎神跑得飞快,很快就追上了在天上乱窜的太阳。他卸下担子,将左边的大山提起来照准太阳一扔，一个太阳就被他牢牢地压在了底下。他又将右边的大山如法炮制，第二个太阳也压在了山下。

二郎神一口气不歇，又拿扁担戳起更多的石山，一趟一趟追赶着太阳，将它们压到山下。

十二个太阳陆续被压在了地下，大地终于清凉下来，二郎神也终于感到累了。还剩一个太阳，他准备歇一歇再赶。他戳好最后一个担子，坐下来脱了鞋子，倒掉了长途奔波裹进鞋里的泥土和野草。当他歇息够了扛着扁担再起身的时候，咔吧一声，扁担折断了。

二郎神无可奈何地叹了口气。转念一想，算了，太阳也不是没有好处，剩一个就剩一个吧。从此，天上又恢复了只有一个太阳的状态。

今天，在我国各地都有二郎神担山赶太阳的遗迹，可见当初他为了完成这项壮举，的确走过了非常遥远的路程。那些"扁担峰""扁担桥"，是他担山的扁担化成的；那些"窟窿山""二郎石"，是他戳起的石山化成的；还有一些长满青草的土山，那就是当初他从鞋子里倒出的泥土化成的。

二郎神压倒十二个太阳的故事，与我们前面讲过的大羿射下九个太阳的故事很相似。可见上古时期真的有过一大段十分焦热的岁月。二郎神也跟大羿一样，是个积极为民除害的、了不起的大英雄。

刑天永远不服输

前面我们讲过，黄帝在当上最高天帝前后，许多神族——比如炎帝、蚩尤、夸父等等——都曾经是他的反对者。本节，我们讲他的另一个反对者刑天的故事。

刑天是上古的一个猛士或者猛神，他的长相威猛，也非常擅长战斗。有人说刑天是炎帝的手下。

除了善战，刑天还擅长音乐，所以炎帝命他制作了《扶犁》《丰年》这样的乐歌，来歌颂农耕劳作，歌颂丰收。可见，那个时候，刑天和他的神族所过的日子还是相当不错的。

不过你知道吗，最初，刑天并不叫这个名字，具体叫什么，现在也不很确定。所以，我们不妨暂且叫他猛士。那么，刑天这个名字又是怎么来的呢？说起来，这真是一个悲壮的故事。

在一段不错的好日子之后，不知过了多久，猛士的部族与黄帝的部族打起来了。这场战役有可能是炎黄之战的一部分，也有可能是在炎黄之战结束后，猛士不服气，所以再次发起了挑战，就像蚩尤挑战黄帝那样。

没想到黄帝的力量实在太过强大，猛士拼尽全力，仍旧敌不过黄帝。最后猛士战败，被黄帝抓住了。

黄帝毫不手软地砍下了猛士的头，埋葬在常羊之山这个地方。从此以后，人们就管猛士叫作"刑天"了。"刑"就是施行

《山海经》中的刑天形象

刑罚、砍断的意思,"天"是指他的脑袋。"刑天"加起来,意思就是"被砍掉脑袋的人"。

可是,勇猛的刑天即使失去了头颅,却仍旧不肯服输,也仍旧没有倒下。他运用神力,将自己的两个乳头化作一双眼睛,将自己的肚脐化作嘴巴,这样他就又能够感知外面的世界了。刑天就用这样一副吓人的模样延续了生命。他一只手举起坚盾,一只手举起大斧子,向着四面八方勇敢地挥舞着,还要找黄帝战斗,为自己报仇。

黄帝的属神们看到刑天如此顽强,都吓了一大跳,急忙扑上去将他的双手也砍了下来。这样,刑天就不能够对黄帝构成威胁了。

失去了头颅又失去了双手的刑天,也许很快就死去了。但是,他那种战斗到死、永不服输的精神,却得到了世世代代的人们的尊敬和歌颂。

战神九天玄女

我国上古最著名的战神是一位人头鸟身的女神,名叫九天玄女。

九天玄女本名玄女,或者元女,又有九天圣母等尊称名号,据说,她是由天地之精神、阴阳之灵气凝化而成的。

玄女的本相虽说是鸟身,但她也能够以人的形貌出现,甚至化身为那种标准的美女神,身穿黑色战衣。因为"玄"字的含义之一就是黑色。玄女的手里拿着宝剑、八卦盘、照妖镜等物,率领着雷部诸兵,随时准备下界斩妖除魔,为人间肃清邪恶。

玄女精通天地之道、阴阳之略,尤其擅长兵法。她有《天书》数卷,记载了灵宝五符五胜等驱策鬼神之术;又有六甲六壬兵信之符,以及行军布阵之法,足以指导任何战争走向胜利。

黄帝与蚩尤大战的时候,蚩尤一度占据上风,还搬来了北方荒野中的巨人族夸父做外援。黄帝九战九不胜,就回归泰山,在一片雾冥中反思了三天三夜。到了第四天,玄女从天而降。黄帝见了她奇特的形貌,知道她来历不凡,便向她恭恭敬敬地磕了几个头,跪地不起。玄女问他:"你想要从我这里得到什么呀?"黄帝说:"我想要得到万战万胜、万隐万匿之法,该怎么办呢?"于是,玄女就将《天书》和兵符全数授予了黄帝。靠着九天玄女的帮助,黄帝最终战胜了蚩尤,称霸中原。

在黄帝之后,玄女还多次下降到人间,来帮助战争中更正义的一方获取胜利。像越王、薛仁贵、宋江、刘伯温等,都曾经从玄女《天书》中领悟兵家奥妙,从而打败敌人,成就功业。

冥神以及管鬼的神

冥神，就是管理阴间的神。我们中国人讲究"入土为安"，人死之后要埋到地里，将身体和灵魂都还给大地。那么地下世界就是传说中鬼魂去往安息的地方，叫作"阴间"，或者"阴曹地府"，因为那里比较幽暗，所以又叫"幽都"。

后土是土地之神，所以顺理成章，就成了幽都的统治者，也就是冥神。你可能听说过别的冥神，比如《西游记》里面，孙悟空曾经跑去勾掉了阎罗王"生死簿"上自己的名字，那位阎罗王也是冥神——不过，他是在后土之后很久才来承担这个职责的。

后土作为冥界的首领，当然会有一些得力的手下。比如有个叫作土伯的神，他身形巨大，肩宽背厚，长着老虎的头、牛的身子，脑门上有三只眼睛，脑袋两侧还有一对尖利的角。他对于幽都里的鬼魂很凶，经常挥舞着血糊糊的大手驱赶他们，吓得他们四下逃窜。

还有一对叫作"神荼（shēn shū）"和"郁垒（yù lù）"的神，他们也帮着后土管理幽都，专门负责抓恶鬼。他们是我国早期的门神。

除了后土，前面说过，山神东岳大帝最初也是冥界之主。后来，地府里又有了地藏王、阎罗王、丰都大帝等管理者，这是在不同的故事系统里的不同说法，彼此互不妨碍。有时候人们还把他们拉到一起，给他们不同的"办公室"，让他们来个"和平共处"，共同统治幽冥世界。

此外，神箭天神大羿死后变成了宗布神，他是鬼的首领，自然也是要管鬼的。如果恶鬼做出恶行，显然也逃不过他的惩罚。他生前是疾恶

死后变成宗布神的大羿（汉画像砖，河南郑州）

如仇、武功超群的神射手，对付恶鬼是绝不会手软的。

　　后来又出了个著名的神人叫作钟馗（kuí），他是专门捉鬼、杀鬼的，自己长得也很吓人。不过他的故事出现时间比较晚，大概在唐朝了。

看管地门的神荼和郁垒

冥神兼土神后土的手下有两个神,一个叫神荼,一个叫郁垒,他们据说是两兄弟,都长得很凶的样子,常年待在沧海之中桃都山(也有说是度硕之山)的一棵大桃树上。

大桃树的枝叶弯弯曲曲,盘旋往复,能覆盖三千里那么宽广的地面。从这架势就知道,它绝不是普通的桃树。原来,这株大桃树东北方的树枝间隐藏着一个鬼门或者说地门,那就是天下所有的鬼魂出入地府的地方。为什么一定要选桃树来做鬼门呢?那是因为鬼的统领宗布神(就是大羿死后所变)是被桃木棍打死的,所以天底下所有的鬼都怕桃木,在桃木面前不敢乱来。

年画上的神荼、郁垒哥俩

桃树上还有一只大金鸡。每天凌晨，太阳从东海出来，阳光照到金鸡身上，金鸡就大声地啼叫起来。天下普通的公鸡听见了，也跟着大啼，这就说明，天马上就要亮了。看来，金鸡啼鸣是天下报时的标准。

天亮对于人们来说当然是好事，意味着充满希望的一天又要开始了。可是对于鬼魂来说就不妙了。据说，死去的人的鬼魂都会到后土所管辖的幽都地府里面去安息，但有时候他们也会出来活动活动。不过，鬼魂是不能见天光的，所以金鸡一打鸣，他们都得赶紧回到地府去。

神荼和郁垒的职责，就是在金鸡啼叫之后，检阅所有赶回来的鬼魂。他们瞪大自己具有神力的眼睛，紧盯着那些正在通过地门的鬼魂，如果发现其中有作过恶、害过人的鬼，就立刻拿一条芦苇做的绳子（苇索）将他们抓了捆起来，然后投喂给老虎吃。此外，树上的金鸡除了管报时，也会飞下来啄食恶鬼。所以鬼魂见了他们都很害怕。

人们知道神荼和郁垒具有驱鬼的功能之后，为了保护家宅的平安，就纷纷在自己的家门口竖立起两个用桃木雕刻成的大大的人像，画上神荼和郁垒的样子，手里还拿着芦苇绳子。后来，这个习惯又简化了：每年的正月初一，人们都在家门上贴上彩画，左边画的是神荼，右边画的是郁垒，还画上会吃鬼的老虎、金鸡等图案，来震慑和吓跑一切邪魔鬼怪。

神荼和郁垒就成了我们现在所知的最早的一代门神，人们会定期供奉他们，祈求他们保佑一家老小的平安。

上古四大凶神

上古神话里有很多凶兽或者凶神（我们说过，那时候神和兽的分界不是很清晰），有人总结了一下，把其中最有名、最厉害的归纳出了四个，叫作"四大凶神"，简称"四凶"。

第一个，是本书开始提到的混沌兽。据说他是古老的中央之帝帝鸿（帝江）的儿子，长得像狗，四条腿，毛很长，眼不能看，耳不能听……肚子里没有内脏。他最大的特点是不能分辨是非好歹，或者说，他对于正确的事情反其道而行之：专门顶撞、欺负好人，投靠、帮助坏人。这样一来，他对于别的善良的人、神而言就非常危险、非常有害了，所以是凶神。后世管人类中的这种坏家伙叫作"混蛋/浑蛋"，大概是从他的名字这里来的。

第二个凶神叫作穷奇。他长得像老虎（也有人说像牛），背上生了一对翅膀。他能听懂人的言语。如果碰到两个人在吵架，他就留神听，听出来谁更正直有理，就跑过去把人家吃掉。而且，他吃人的时候是先从脑袋开始的，是不是很野蛮？如果他听说哪里有忠诚讲信义的好人，就跑过去把人家的鼻子吃掉。如果他听说哪个人很坏，大逆不道，他就会拿着礼物（可能就是他捕获的禽、兽之类）去送给对方。

不过，穷奇也不是一无是处，他能食蛊（gǔ，一种专门害人的毒虫），所以也是驱邪逐疫的"十二神"之一。据说穷奇是西方天帝少昊的儿子，也有人说他是广莫风（一种风名）所生的。

第三个凶神叫作梼杌（táo wù）。他身体大致像老虎，有虎爪，但

《山海经》中的穷奇形象

有一张人脸，嘴巴和牙齿又是猪的，身上的毛是狗毛，长达两尺，尾巴有一丈八尺长。他在荒野中到处捣乱，不听教训，又狂又傲。管他吧，他就愈发顽固，不管他呢，他又愈发嚣张。天下人对他都头疼极了。有人说，他是北方天帝颛顼的儿子。

第四个凶神叫作饕餮（tāo tiè）。他有着人脸，牛身子，身上毛很多，眼睛长在胳肢窝下面。他性情狠恶，特别贪吃，吃人，也吃别的东西。他还喜欢去抢夺别人的财物，尤其去抢夺老人、弱者的东西。集体行动的人他不惹，如果遇到谁走路落了单，那他一定会发起攻击。他是一个守财奴，十分贪婪，抢来的东西也不用，就光是积攒起来，满足占有的欲望。

商代青铜器上的饕餮图案

有人说他是黄帝的属官缙云氏的儿子。也有人说，他是跟黄帝打仗失败的那个蚩尤变的。后来商周时期的青铜器上经常铸有他的头像，在脸的两边还有一对翅膀。为什么只铸一个脑袋呢？人们说，那是因为蚩尤被黄帝砍头后身子没了，只剩脑袋了。

以上就是"四凶"的概况。我们国家在上古时期还有很多奇奇怪怪的神和神兽，如果你对此感兴趣，想进一步了解的话，可以去看看《山海经》《搜神记》《淮南子》等书。

下篇

人与文化的起源

人是怎么来的

最初的人是怎么来的？最初的人跟现在长得一样吗？当人类面临灭绝时该怎么办？人类的寿命又有什么秘密呢？

女娲造人的两种方法

关于人的来历有不少说法，前面我们讲过其中一种：人是由盘古大神身上的小虫子变成的。不过这个说法没人喜欢，流传也不广。我们最愿意接受的是这种说法：我们人类是女娲大神亲自造出来的。

最初，世界形成之后，女娲大神独自在天地间游走，感到了深深的孤独，围绕着她的不是山石就是木头，连个能说话的伴儿都没有。于是，女娲用水和着地上的黄泥，照着水中自己的样子，捏出了一个个小东西。为了让他们方便行走和奔跑，女娲没有给他们造尾巴，而是造出了两条腿。

女娲对着他们吹一口气，小东西们都活了，围着她叫"妈妈"，这就是我们最初的一批人。女娲是人类的大母神。

刚造出来的小人儿们在地上欢快地玩耍，女娲一面开心地看着他们，一面继续捏泥人。这时候忽然来了一阵急雨。女娲怕刚捏好的泥人被雨淋湿，急忙拿起个簸箕一铲，将没来得及吹气变活的泥人都铲起来藏进山洞里。因为铲得太着急了，难免有些泥人被碰断了胳膊腿儿，这就是世上残疾人的来历。所以，倘若一个人天生残疾，也不必太难过，因为那是女娲大神的失误，就算是神的旨意吧。毕竟，能够得到生命就已经很好了，不管身体有没有残疾，勇敢地、努力地活下去才是最重要的。

与草木鸟兽相比，人类是很脆弱的。女娲大神造出来的第一批人很快就由于各种原因死掉了一些，她只能马不停蹄地赶造下一批。可是下一批刚造出来，之前还活着的人又死掉了不少，她还得继续造。这样下去，可不是个办法啊！

　　女娲正发愁，忽然看到旁边山上的植物，她灵机一动，便扯来一条粗粗的藤蔓，向泥水里一搅，再往旁边一甩。甩出来的泥点落到地上，也都变成了一个个的小人儿。这个法子，可比一个个手捏来得快多了。于是女娲一鼓作气甩出一批又一批的泥点来，地上的人就越来越多了。

　　有人说，女娲用手捏出的泥人就是世上的富贵人，用藤蔓甩出来的人就是世上的穷苦人。藤甩人比手捏人的数量多得多，这就是世上穷人比富人多得多的原因。不过，大多数人并不同意这种"贵贱天定"的说法。因为古往今来的很多事实告诉我们：如果自己不努力的话，就算是衔着金汤匙出生的人，也有可能会饿死。

　　后来，女娲又将人类分出了男女，让他们结婚，组成家庭，共同承担起生儿育女的责任。这样一来，人类就可以依靠自身的力量在天地间繁衍下去。于是人类越生越多，一代一代延续到了今天。

最初的人跟现在不一样

与女娲大神一次性设计好了人的模样不同,在我国某些民族的传说中,最初的人跟现在可不一样。

从前,天地造好了之后,神决定造些人派到地上居住。

神第一次派来了"一寸人"。顾名思义,"一寸人"的身高只有一寸。这么小的人在大地上太受欺负了,老鹰要来叼他,乌鸦要来啄他,土耗子要来咬他,连黑芝麻大小的蚂蚁居然也成群结队地来欺负他。这个脆弱的人种没办法保护自己,慢慢地死绝了。

第二次,神派来了"立目人"。"立目人"的意思就是说,他们的眼睛是竖着长的。可是立目人太懒了,他们不会种庄稼,又不肯学,天天就坐着吃喝。等到身边能吃的东西都吃光后,立目人也渐渐地饿死了。

神吸取前两次的教训,第三次派来了"八尺人"。"八尺人"身高八尺,力气大,食量惊人。三年收成的庄稼还不够他们一年吃。当然,他们也试过别的办法,抓捕野兽、禽鸟,采集野果、野菜,添在粮食里一起吃。可是挡不住他们胃口大呀,终于,天底下的东西都被他们吃光了,八尺人哭啊哭,最后也逐渐灭亡了。

神于是再次调整了造人方案,最终,祂造出了我们现在这样的人类派到地下。这样的人类身高适中,饭量适中,秉性比较勤劳,终于在大地上扎下了根,一直延续到了现在。

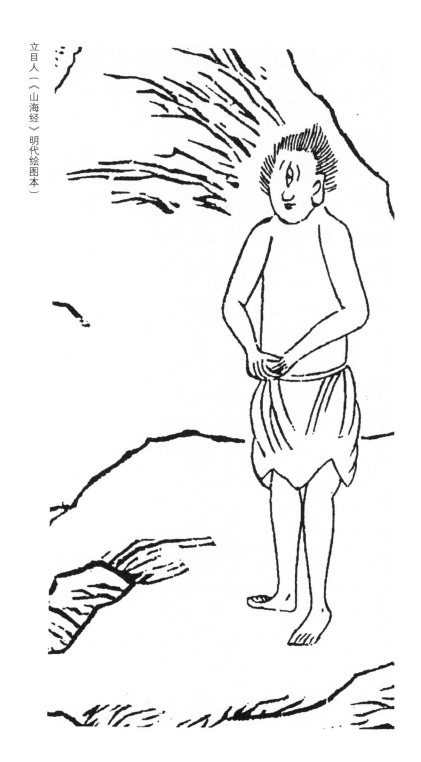
立目人(《山海经》明代绘图本)

伏羲女娲兄妹繁衍人类

这个故事里的伏羲和女娲原本是两个普通的凡人,但延续了古老神族的名号。不过,他们最终却做到了上古大神才能做到的事——让人类的种子保存并繁衍下去。故事是这样的:

古早以前,一个猎户人家有对儿女,哥哥叫伏羲,妹妹叫女娲,都只有十来岁。

有一天,猎户正在干活,天空忽然乌云密布,接二连三的闪电晃花了人的眼睛。猎户见到这情形,就进屋抬出一个大铁笼子,然后手握一把铁叉守在笼子旁边。不一会儿,雷声轰隆隆响起来了,几乎要震破人的耳朵。电闪雷鸣之中,一个青面獠牙的怪物从天上降下来,落到了猎户家附近。勇敢的猎户猛地冲过去,用铁叉叉牢怪物,迅速将它关进了铁笼子。刚刚还充满世界的闪电和雷声立刻便消失了。

第二天,猎户有事要外出,临行前对伏羲和女娲说:"你们看牢了它,千万不要给它喝水。"

猎户走了之后,青面怪物在笼子里呻吟起来:"我快要渴死了,请你们给我点水喝吧。"小兄妹记着爹爹的嘱咐,摇头拒绝。怪物央求说:"一滴水也行。"妹妹女娲心软,就用竹锅刷甩了一滴给他。

没想到,轰的一声,得到了水的青面怪物猛然冲破铁笼蹿到了屋外,身体变得很大很大。伏羲和女娲兄妹吓得跌倒在地。

青面怪物从嘴里拔出一颗牙交给小兄妹,告诉他们自己是天上的雷神。又说这里马上就要发生大事了,让他们把牙种在地里保命。雷神说完,一下子飞到天上不见了。兄妹俩只得按照雷神的吩咐,赶紧将他的牙种到地里。

不久猎户回家来,听了事情经过,惊出了一身冷汗。他忙去地里查看,只见兄妹俩种下雷神牙的地方,已经长出了一根长长的藤蔓,藤蔓上结出了一个硕大的葫芦。

就在此时,天空忽然阴云密布,转瞬便是电闪雷鸣、天昏地暗,比雷神降世那天可怕多了。猎户看着这个情形,知道自己最担心的事情要发生了。他连忙锯开葫芦嘴,伸手进去一探。

许多尖利的东西刺痛了他的手。原来,葫芦里长满了牙齿,每颗都跟雷公拔下的那颗牙一模一样。勇敢的猎户将葫芦里的牙齿全部挖出来扔掉,然后对自己的儿女说:"快,你们钻进去!"

伏羲和女娲依言钻进了葫芦。说来奇怪,这个葫芦的大小,刚刚能容纳他们两个人,再多一件衣裳都不行了。

猎户对孩子们说:"你们就在里面躲着,直到一切平静了再出来。"兄妹俩急切地说:"爹爹,你也来跟我们一起呀!"猎户摇摇头:"马上就会有大灾祸来了,我要去警告别的人。"猎户说完,匆匆忙忙走了。

猎户刚刚离开,巨大的闪电再次撕裂了天空,惊天动地的雷声过后,旷古未见的狂风暴雨无情地席卷了大地。世界被一场滔天的洪水淹没了。

伏羲和女娲两兄妹躲在黑暗的葫芦肚子里,在无边无际的洪水上漂来荡去,只能靠颠簸的剧烈程度来推测外面的世界发生了什么。

新疆出土的人首蛇身伏羲女娲图（唐代）。其中女娲持规，伏羲持矩

终于有一天,颠簸停止了,葫芦接触到了坚硬的地面。伏羲和女娲爬出葫芦,发现天地间一片蛮荒,洪水摧毁了曾经有过的一切,他们成了世界上仅剩的两个人。

伏羲和女娲在这片蛮荒中勇敢地生存了下来,学着以前爹爹和长辈们的样子,重新开始了人类的耕种渔猎,过上了宁静太平的日子。他们生活的地方有一棵参天大树,是能够上天的天梯,兄妹俩常常结伴爬上去玩。

当他们到了天上,有没有碰到过神呢?有没有问过神们,当初为什么要降下这场灭世的灾祸呢?现在没有人知道。

随着时间的流逝,伏羲和女娲渐渐长大了。一个巨大的忧虑开始出现在他们心里:大地上只剩他们两个人,将来他们死了之后,人类不是照样灭种了吗?

终于有一天,哥哥伏羲对妹妹女娲说:"为了人类的延续,我们结婚吧。"女娲乍一听,不肯答应。兄妹结婚?那多难为情啊。

经不起哥哥的再三劝说,女娲说:"这样吧,我俩从两个山头各推一扇磨下去,如果两扇磨到山底能合到一起,我就答应你。"兄妹二人各自爬上一座山,各自推下一扇石磨。山路崎岖不平,石磨一路乱滚,没想到,最后居然真的合到了一起。伏羲说:"这是天意啊!"

女娲仍然不肯,又说:"我俩各自到一个山头升起一堆火,如果两堆火的烟能够合到一起,我就答应你。"他俩立刻照着这样做了,山头的风很大,烟柱飘来晃去,没想到,最后两股烟居然还是扭到一块儿了。伏羲说:"你看,这真的是天意啊!"

女娲仍然很犹豫,就说:"这样吧,我跑,你追,如果你能追上我,我就答应你。"女娲说完,撒腿往山上跑去,围着参天大树绕起了圈子。伏羲追了半天追不上，灵机一动，反方向跑过去，女娲一下子撞到了他怀里。

女娲只得答应跟伏羲结婚。

但兄妹结婚毕竟很不好意思，行婚礼的时候，女娲就在头上搭了一块布巾，来盖住自己羞红的脸。今天新娘子结婚搭盖头的习俗，就是从女娲那会儿传下来的。

兄妹俩结婚之后，女娲生下了一个大肉球。他们感到很奇怪，里面到底有什么呢？俩人就把大肉球剁碎了看：里面并没有什么特殊的东西，肉球里还是肉。

两个人将这些碎块用布包好了带在身上，爬上天梯，准备去天上找神问一问。爬到半空，一阵风吹来，布包被吹落了，碎肉撒了下去。

说来奇怪，这些碎肉经天风一吹，全都变成了一个个活泼的小人儿。他们随风撒落到不同的地方，落到杨树上的就姓了杨，落到柳树上的就姓了柳，落到田里的就姓了田……世间人的各种姓氏，就是打从这儿来的。

从此以后，人类在大地上重新繁衍昌盛起来，洪水之后的所有人类都是伏羲和女娲的后代。

人为什么会死

据说，从前，人根本就不会死，会一直活一直活，活到很老很老，身上的皮全都变得皱巴巴的。到了那个时候，人就会蜕掉这层皮，长出一身新的皮。随着旧皮换新皮，人也就重新变得年轻，可以从头再活一遍，直到这张新皮也变皱，然后再蜕掉，再长新皮。如此循环往复下去。

可是，这个蜕皮的过程很长，需要四十天不吃不喝地躺在那里等待。而且，还非常痛。想想也是啊，平常咱们手上破了个小口子都很难受，要等到伤口结痂再脱痂，嫩皮从痂底下长出来，多难熬啊。如果全身的皮都这么来一回，那得多痛啊。所以每到了换皮的时候，人就得强忍着种种痛苦，又渴，又饿，又痛，只为了能够将生命延续下去。

有一次，有个人实在受不了这种痛苦了，就哭嚎着向天上说："我不想再换皮了，我不想永远活下去了，快点让我结束这种痛苦吧！"

天帝听到了他的请求，一看人类蜕皮的样子也实在可怜，就决定答应他。这个时候蛇正在天帝的身边，知道了天帝的这个打算，立刻就说："我不怕蜕皮，我想要永生，天帝啊，请把蜕皮新生的本事转交给我吧！"

天帝答应了蛇的要求。从此以后，人类就会死去了，而蛇就可以经历一次又一次蜕皮得到新生，永远活下去——至少古时候的人们认为，蛇是会永远活下去的。

彭祖活了八百岁

在人类必须迎来死亡之后,一般人的寿命也就只有几十年罢了。古语说"人生七十古来稀",从前活到七十岁就算非常高寿,要想活上一百岁,更是难上加难了。

但是有个叫彭祖的人却活了八百岁,是人类中寿命最长的。后世的人们向老年人祝贺时,常常说愿他们拥有"彭祖之寿",就是因为彭祖是人类长寿的标杆。

古代典籍中的彭祖像

前面提到，彭祖是北方天帝颛顼的后代。颛顼生了称，称生了老童（也有人说生了卷章），老童生了重黎和吴回，吴回生了陆终。陆终与鬼方氏的女嬇（kuǐ）生了六个儿子，彭祖是其中的老三。

据说彭祖姓篯（jiān）名铿（kēng），他非常善于养生，经常采食一些仙芝，还会导引之术，所以他从尧舜时代历经夏、商两朝，一直活到了西周初年。

商王听说了他的事迹，就派人去问他长寿之道。没想到人家一问，倒把他的一肚子苦水招出来了。彭祖说："我出生之前父亲就死了，到我三岁的时候，母亲又死了。我少年时代遇到了犬戎之乱，流落到西域去，在那里晃荡了一百多年。到目前为止，我一共死了四十九个妻子，五十四个孩子，经历了多次的忧患，我身体中的醇和之气因此受到损伤，难以弥补，恐怕也活不了多久了。我在长寿方面的见识很浅薄，根本不值得向别人宣扬啊。"

说完这番话，彭祖就离开了，人们也不知道他去了哪里。又过了七十多年，有人在流沙国的西边还见过他。后来，听说他升天成了神仙。

也有人说，彭祖之所以能活八百多年，是因为他向天帝奉献了十分美味的野鸡羹，天帝就把长寿作为奖励赏给他了。

夏商周各族的始祖神

　　夏、商、周是我国历史上的最初三个朝代,他们是由三个不同的部族建立的。据说,这些部族的始祖都有神的背景,那么这些部族的始祖神分别有着怎样的故事呢?

子孙显赫的帝喾

帝喾，据说是黄帝的曾孙，是颛顼之后的大天神。

说起来，在所有上古大神中，数帝喾的后裔最显赫。帝喾有好几个妻子，每个妻子都生下了非凡的孩子，比如，邹屠氏生下了八个神，姜嫄生下了周的始祖稷，简狄生下了商的始祖契（xiè），陈锋氏生下了帝尧，常仪生下了尧的哥哥帝挚。所以，帝喾是好几个部族共同的祖先。

帝喾生下来就非比寻常。十五岁时候，他辅佐北方天帝颛顼有功劳，被分封在了高辛这个地方，所以他的氏号就叫高辛氏。

春天和夏天，他乘着龙在天空飞来飞去；到了秋季和冬季，又改为骑马穿梭在天地间。

帝喾非常喜欢音乐。他命令乐师咸黑做了《九招》《六列》《六英》等曲子，又叫著名的巧匠有倕制造了鼙（pí）鼓、钟磬（qìng）、苓、管、埙（xūn）、篪（chí，一种八孔竹管乐器，类似笛子）、鼗（táo，拨浪鼓）、椎（zhuī）钟等乐器。他组成了一个帝王乐团，让乐手们吹打着那些乐器，让凤凰和天翟（dí）这两种美丽的吉祥鸟在乐声中翩翩起舞。

帝喾还有些孩子，我们不知道他们的母亲是谁，可是孩子们本身都很有名。比如他有个女儿，一般就称为"帝喾女"，酷好音乐，死后每年正月十五，人们都会在吹吹打打的氛围中将她迎接回来，向她占卜新年的蚕桑和其他事情。帝喾有两个爱打架的儿子，后来做了天上的星星——永远不见面的参星和商星，我们前面讲过他们的故事了。

姜嫄踩上大脚印

姜嫄是有邰（tái）氏的女儿。据说有邰氏最初居住在今天山西（一说陕西）境内，姓姜，是炎帝后裔的一支。今天世上姓邰的人就是他们传下的后代。

有一天，姜嫄到郊野去玩，看到一个巨人留下的大脚印。姜嫄觉得太有趣了，就开心地将自己的脚丫子踩上去比。一踩下去，她就感到自己身子一动，好像肚子里有了小宝宝的样子。后来，姜嫄果然生下了一个儿子。

姜嫄并不知道那个脚印是天帝留下的，自己的儿子其实是天帝的孩子。她只觉得这么莫名其妙就有了个孩子不吉利，决定把他扔掉。姜嫄将他扔到了偏僻的小路上。没想到路上往来的牛羊都躲开不去踩踏他，还主动给他喂奶。姜嫄将他扔到山林中，正赶上人们在林子里伐树太吵闹。姜嫄将他扔到结了冰的沟渠中，没想到鸟儿飞过来，用温暖的翅膀覆盖着他，为他保暖。姜嫄这下相信他是个神奇的孩子了。鸟儿保姆飞走了，小婴儿哇哇大哭起来。姜嫄就把他抱回家，自己抚养他长大。因为原本是打算扔掉的，姜嫄就给他起了个名字叫作"弃"，相当于咱们今天管没人要的小孩叫"丢丢"吧。

弃从小就是一个农耕能手，长大后做了帝尧的农师。人们尊称他为"后稷"，将他视为继神农氏之后的农神。我们后面会具体地讲他的故事。

在郊野留下大脚印的天帝，细究起来就该是帝喾吧。帝喾是黄帝的后裔，黄帝姓姬，帝喾也姓姬，那么按照父系算，后稷也该姓姬了。

后稷往后传了大约十四代时，传到了姬昌。姬昌领导的周部落夺得了中原的统治权，建立了周朝，姬昌就是周文王。

所以周人将姜嫄奉做本族的始祖母。"厥初生民，时维姜嫄"，周人在传唱自己的历史故事时，就是从姜嫄讲起的。

简狄吞下玄鸟蛋

在不周山的北边是有娀（sōng）氏。有娀氏有一对漂亮的姐妹，姐姐叫作简狄（dí），也写成简翟；妹妹叫作简疵（cī），也写成建疵。她们筑了一座九重高台，一起快活地居住在那里。每当她们吃饭的时候，旁边就有人为她们敲鼓作乐。看来，她们都是很喜欢音乐的人。

天帝似乎也对这两个美丽天真的姑娘发生了兴趣，有一天，他派一只燕子去看她们。燕子飞到九重台上，在她们跟前飞来飞去，嗌嗌（ài）地鸣叫着。两姐妹喜欢上了这只黑乎乎的小鸟，争着去捉它。用手捉不住，就拿一个玉筐扑，终于将它盖在里面了。

过了一会儿，两姐妹掀开玉筐，燕子趁机逃出来，向着北方飞走了，再也没有盘旋回来。两姐妹失望地唱道："燕燕飞走了！燕燕飞走了！"（燕燕往飞！）据说，这就是北方最初的歌曲。

可是燕子也没有白来，它在玉筐盖住的地方留下了两枚蛋。姐姐简狄就将其中一枚蛋捡起来吃掉了。另外一枚蛋呢？可能扔掉了，因为没有记录说妹妹建疵吃了一个，也没有记录说姐姐吃了两个。

也有人说，其实蛋是简狄和另外两个姑娘一起去河里洗澡的时候，一只燕子从天上生下来的。简狄抢到了，就赶紧吞进了嘴里。

不管怎么说，有娀氏的女儿简狄吞下了一只燕子蛋。然后她觉得自己的身体有了些变化。后来她生下了一个男孩，起名叫作契（xiè）。

契长大后，正赶上大禹治水，他以自己的才能帮助大禹，建立了功

劳。当时的天子帝舜就任用契做了"司徒"：司，就是主管的意思，徒，就是徒众、很多人的意思。在当时，司徒可能主管教化民众和一些行政事务。

据说契被封在商这个地方，所以他的部族后代就叫作商族。

商族是一个到处搬家、到处游徙的民族，今天的齐鲁、燕冀乃至辽海等地都留下了他们的痕迹。

契往下传了十三代时，传到了成汤（后世又叫他"商汤"）。成汤向西灭掉了由大禹后裔传承的夏朝，建立了商朝。之后，商朝的首都还是经常搬迁。从成汤又往下传了十八帝，到盘庚，将国都固定在了殷（今河南安阳）。此后二百七十多年直到灭亡，商朝再也没有迁都。所以商朝又叫殷朝，商人又叫殷人。

商人是一个敬祖先、敬鬼神的民族，他们崇奉燕子（玄鸟），将契尊为"玄王"。商人还给我们留下了甲骨文，从那些充满玄妙的文字中，我们可以推知远古时代他们神秘生活的点点滴滴。

简狄，就是这个拥有神秘文化的商民族的始祖母。

庆都与红龙生下帝尧

上古时，在三河之南的斗维之野这个地方，生活着一个部族陈丰氏，又叫陈锋氏。族中有个女儿叫庆都，出生非常神奇。据说，当时天地间发生了巨大的雷电，雷电过处，有血在斗维之野流动，浸进了大石中，庆都就从大石里诞生了。后来，人们将那片血染的石山叫作丹陵。

庆都身高一丈，相貌很像天帝，身体四周常常缭绕着黄色的云彩，似乎有很多神在保佑她。二十岁时，一条红龙来到了她身边。天下起了雨，在一片阴暗迷蒙之中，庆都与红龙结合了。十四个月后，她在一个山洞里生下了儿子，起名为尧。

人们又传说，庆都后来做了帝喾的第三个妻子。那么尧也可以说是帝喾的儿子。据传，庆都是个非常慈善、勤俭而灵巧的人。收割后掉在地上的麦粒，她会捡起来备食。她能用丝、麻、葛和兽皮缝制出漂亮合体的衣服。她还会采草药治病呢。

在庆都的教导下，尧从小就很有仁德，也非常能干。帝喾死后将帝位传给了儿子帝挚，可是帝挚无能，治理不好天下。大约二十岁的时候，尧接替这个异母哥哥做了天子。

做了天子后的尧公务十分繁忙，很难常常回家了。想念母亲的时候，他就登上高高的山峰，向母亲所在的地方遥望。后来，人们就管那座山叫作"望都山"，那个山峰叫作"望母峰"。

今天你去到河北顺平县境内伊祁山一带，不仅能找到当年庆都生下尧的山洞"尧母洞"，还能找到丹陵和"望母峰"呢。

三王时代的故事

在大天神时代之后,是三王时代。三王,就是指尧、舜、禹这三个上古著名的贤能君主。他们可以说是半人半神的存在。

尧帝时代的奇迹

尧被称为我国历史上第一位贤明的君主，节俭，勤劳，爱惜人民。据说他活了一百多岁，统治前后持续了七八十年，虽然其间也出现了诸如十日并出、洪水、饥荒等天灾人祸，但大体说来，尧时代是个让后人追怀的时代。那时，世间出现了许多神奇、吉祥的事物，或者说祥瑞。

最有名的，叫作"一日十瑞"，就是说在尧的宫殿里一天之内出现了十种吉祥的事物，包括：宫中的杂草变成了禾苗；凤凰从天上降临到庭院中；神龙出现在沼泽里；台阶上生长出一种具有日历功能的草（蓂荚 míng jiá）；鸟儿变出了五种颜色；一种鸟儿化身为白神；树木上长出了莲花；一种夏天能解暑驱虫的萐脯（shà fǔ）草生长在厨房里；夜晚的天空出现了一颗特别明亮的星星；甘露从天上降落到地面。

除了集中在一天内出现的这些祥瑞，在尧帝治世期间，还有许许多多别的奇迹。比如鸾鸟每年都会在国内聚集；沼泽中出现了麒麟（qí lín）；祇（dī）支国献来一种重明鸟，每只眼睛里有两个瞳孔，能够驱逐虎狼等猛兽；又有一种叫作屈轶（qū yì）的草，遇到坏人入朝就指向他，来帮助君主识别好歹、判断是非，等等。

由于尧帝时代这些传说，后来渐渐就形成了一种说法：圣君统治天下时，世间就会出现各种祥瑞。所以后世的各朝皇帝统治期间，想拍皇帝马屁的人，常常绞尽脑汁去挖掘一些奇异之物，什么七彩的乌鸦、并蒂的白莲之类的献上去。而很多皇帝也乐意见到这些东西，来向世人表明自己是个好皇帝——几乎像尧那么贤明。

丹朱被流放

帝尧的妻子是散宜氏族的女儿,叫作女皇。女皇和尧的长子叫作"朱"。

原本尧对朱是很喜爱的。他发明了围棋,将下棋的方法教给朱。爷儿俩在地上拿桑树的枝叶摆出棋格,以犀角和象牙磨成棋子对弈。朱很快掌握了围棋的下法,并且成为国中最擅长这门技艺的人。

不过朱的性情不好,长大之后变得非常狂傲、顽固,对人对事又十分凶狠。尧和女皇反复教育他,他却不思悔改。尧的年纪逐渐大了,早晚要将自己的帝位传给别人,可是看起来,朱并不是一个合适的继任者。尧为了天下大局着想,开始培养舜(shùn)。

朱得知后非常生气,想方设法地从中作梗。尧狠下心来,将朱流放到了南边的丹水这个地方,从此人们就管朱叫"丹朱"了。

丹朱到了丹水仍旧不服气,联合了当地的三苗之民一起反对尧,想要争夺帝位。尧便发兵攻打他们,征服了三苗国。穷途末路的丹朱至死也保持着凶傲的脾气,索性自投南海而死。

帝尧感到痛心,毕竟他与丹朱有父子之情。他便让丹朱的儿子、也就是自己的孙辈在南海祭祀他。丹朱的子孙就此在南海居留下来,繁衍成了一个国家,叫作讙(huān)头国,又叫作讙朱国。讙头、讙朱等等,在上古发音与丹朱相近,其实就是丹朱的不同写法。讙头国的国民都是人脸鸟嘴,身上长了翅膀,会捕鱼。看来,迁居南海之后,他们就变成更适应海洋生活的族群了。

也有人说，丹朱并不是帝尧流放的，而是舜继位之后才流放的。还说丹朱死后并没有埋在南海，而是埋葬在了苍梧之山的阴面——后来帝舜死了，埋葬在了同一座山的阳面。

《山海经》中的讙头国国民

尊老爱幼的舜

尧年老后,将帝位禅(shàn)让给了舜,舜也是我国上古的著名贤君。

舜姓姚,属于有虞氏,名叫重华。叫"重华"是因为他的每只眼睛都有两个瞳孔,就像我们前面提到的重明鸟那样,所以也有人说,舜就是重明鸟化身的。

舜的早年经历可以说非常苦难。

舜的母亲叫作握登。握登生下舜后不多久就去世了,舜的父亲便续娶了一个妻子。舜的父亲在传说里并没有留下名字,因为他眼睛瞎,人们都叫他瞽叟(gǔ sǒu)。瞽叟就是瞎眼老头的意思。

失去生母的舜尽管小心翼翼与后妈相处,仍然无法讨她欢心。尤其后来,后妈生了一个儿子叫作"象",又生了一个女儿叫作"敤(kē)手",就更加讨厌舜了。家里本来就穷,没什么财产,后妈巴不得舜早点死去,以免将来分走家产。而瞽叟居然也一点不念骨肉之情,跟后妈一样,想方设法地折磨他。

舜事奉父亲和后妈始终十分孝顺。只要父亲和后妈呼唤,他一定立刻出现在他们身边。他为家里干各种活,但他们总是挑他的毛病,动不动就打他。如果父亲拿大粗棍子打,舜就赶紧逃走,避免被打死;如果拿的是小棍子,舜就承受下来,以免父亲因为无处发火而更加生气。

舜对于弟弟妹妹也十分友爱、忍让。弟弟象深受父母宠爱,对舜十分凶狠、骄狂。象的本相就是一头凶狠的大象,发起脾气来谁也难以驯服。舜凡事不与他计较，还十分关心他。家里只有妹妹敤手对舜好些，还不时把父母和象对舜打的坏主意告诉他。敤手擅长画画，是个心灵手巧的女孩子。

二十岁的时候，舜的孝贤之名已经传遍了乡里。

舜成年之后到历山这个地方去耕种，自谋生路。他很快就显示出了不凡的领导能力。同在历山耕作的农民，有人越过田界侵占了别人的土地，舜去替他们调解，一年以后，历山上所有的阡陌（qiān mò）都整齐了；山下河滨的渔民争夺水域，舜去替他们调解，一年以后，所有的渔民都懂得了礼让长辈。舜把自己在家中尊老爱幼的作风延续到了公共事务中。所以凡是舜所在的地方，过一年人们就会聚居起来，过两年就会形成一个小村镇，过三年就会形成一个城市。

尧晚年到处物色自己的接班人，他的臣子四岳向他推荐了贤名远播的舜。尧决定考察舜一下。那时候，舜三十岁。

湘水女神与斑竹

帝尧有两个美丽的女儿，一个叫作娥皇，一个叫作女英。此外，除了长子丹朱，他也还有很多儿子。在听了四岳对舜的推荐之后，尧让舜做了国家的司徒（一种负责教化人民的官职），还把两个女儿同时嫁给他，并且让自己的九个儿子去做他的手下。尧这样做，是为了让女儿观察舜如何处理内事，让儿子观察舜如何处理外事，从内外两个方面全面地判断他是否能够担起天子的重任。

娥皇和女英来到舜家之后，并没有摆天子之女的谱，照样跟普通的妻子一样做家务，事奉公婆，照顾小叔子和小姑子。可是瞽叟对此非常不满，因为舜结婚是天子指派的，并没有经过他的同意。虽然尧在嫁女时赐给了舜牛羊、细葛布衣裳和琴，还让人帮他筑造了仓廪，但这只是更加刺激了瞽叟、后妈和象加害他的心。因为，把他杀死了，他的那些东西，包括他的两个妻子，不就都可以抢过来了吗？

有一天，瞽叟叫舜爬到仓库上面去用泥涂仓库顶。娥皇、女英预感到事情不简单，就让舜在外衣里面穿了件画有鸟儿图案的衣裳。正当舜在库顶干活时，瞽叟在下面放了一把火。大火熊熊燃烧起来，舜急忙张开双臂。神奇的事情发生了：他像只鸟儿一样，拍打着翅膀逃离了火场。

这次没烧死舜，瞽叟、后妈和象并不死心。有一天，瞽叟又叫舜去淘井。有了上次的惊险，娥皇和女英事先给舜在里面穿了件画有龙图案的衣裳。舜下到井中正在干活，瞽叟他们从井口往下扔大石头，将井填死了。这时多亏了那件龙衣,舜就像龙一样潜入水中找到了别的水道,从其他的出口逃了出去。

有舜这样孝顺的儿子,瞽叟竟然百般加害,真是瞎了眼。所以也有人说,瞽叟原本并不瞎,是在往井下扔石头之后才瞎的。

瞽叟、后妈和象填死井口后,心想舜这下必死无疑了,他们就讨论如何瓜分舜的遗产。象说:"主意是我出的,我来分。牛羊、仓库,归父母,娥皇、女英和琴,归我。"大家都同意了。象得意扬扬地跑去舜的住地,打算接收他的"遗产",没想到舜正不动声色地在自己家里抚琴呢。象只能尴尬地对舜狡辩说:"我正在想你,所以到你这里来看看。"

在娥皇、女英的帮助下,舜逃脱了家里人一次又一次的加害,但他对父亲、后母的尊敬和对弟妹的爱护并没有改变。娥皇、女英将这些情况汇报给了父亲帝尧,尧觉得很满意。

帝尧又让舜担任其他的官职,舜也都干得很出色。尧为舜设置了种种考验,比如曾经把他送到风雨交加的森林中去,结果舜凭借自己的本事完好无损地走了回来。尧也经常向九个儿子咨询意见,了解舜在考验中的表现。最终,尧认定舜就是自己的接班人,便将帝位禅让给了他。

舜做了天子之后,继续了贤能的做派。不过偶尔他也想享受一下人生。他服用苍梧山的金盐香草养生,让人取紫龙的口水调制颜料作画,穿着羽民进献的火浣布(这种布脏了只需要到火里烧一下就干净了)。他还一改帝尧的简朴作风,用山里的好木头雕刻成食器,还用墨漆来装饰……这些在当时算是非常奢侈的行为让天下许多部落首领都表示不服,舜也只好有所收敛。

尽管如此,舜仍旧是个勤勤恳恳工作的好天子,就连他弹奏五弦琴时所唱的《南风之诗》,也还是在表达让人民健康、富裕、安居乐业的心愿。他造出了箫,让人制出《箫韶》之乐,招来了凤凰,让世风变得淳厚、祥和。

湘水女神　傅抱石　绘

后来，舜在巡视南方的途中得了重病，病死在苍梧之山这个地方了。苍梧山是很大的山脉，其中有座九嶷（yí）山，大致是在今天湖南省长沙附近的零陵境内，据说，舜死后就埋葬在了那里。

娥皇和女英为丈夫的逝去而伤心不已，她们成天哭啊哭啊，泪水没完没了地流淌出来，挥洒到身旁的竹子上，形成了去不掉的泪斑，这就是今天我们所见的斑竹的来历。

也许是过于悲痛导致身体垮掉，娥皇和女英也死在了苍梧山附近的湘水之旁。还有人说，她们是投水殉了情。她们死后，就做了湘水之神——这与前面讲的宓妃溺死于洛水就做了洛神的情况相似。人们称她们为湘夫人，在湘水旁为她们立了祠堂，经常祭拜她们。湘夫人的神灵常常在洞庭湖和湘水之上巡游，保佑江面往来的船只平安。

伯鲧窃息壤

前面说过,尧帝时期洪水仍旧频繁发生。泛滥的洪水不在正常的河道中流动,而是漫流得到处都是。人类淹死的淹死,病死的病死,剩下的很难在地面生活,纷纷逃到树上、山顶上、岩洞里躲起来。种植的庄稼、圈养的猪羊等动物也被冲跑了,人们即便侥幸活下来,也有不少死于饥饿。

尧为此伤透了脑筋,就向臣下四岳咨询派谁去治水比较合适。四岳推荐了鲧(gǔn),当时一个很有势力的部落首领,是个半人半神。

鲧据说是黄帝的孙子。黄帝生了骆明,骆明生了白马。白马是鲧的别名,大概也是鲧的本相,这是他具有神力的体现。鲧姓姒,属于有崇(sōng)氏;鲧是长子,所以又叫伯鲧。伯,就是兄弟里面的老大的意思。也有人说,这里的"伯"是侯伯的意思,当时鲧被封为"崇伯",所以"伯鲧"又差不多等于"鲧王","崇伯鲧"差不多等于"有崇氏的鲧大王"。

伯鲧接到尧的命令,立刻开始了行动。他观察了洪水的形势,心想:如果我带人在所有主要的河道边都筑起高堤,将洪水堵回河道里,让它们不要漫上岸、直流到东海去,不就解决这个问题了吗?

可是,哪有那么多的土石来筑堤呢?要知道,那时候河岸边都已经被冲成沼泽,土都是稀软无法成形的了。

情急之下,鲧忽然想起,听人说天帝那里有一种神奇的土壤,叫作"息壤",又叫"息土""息石"(息就是繁殖、滋生的意思),能够自己不停地生长出新土或者新石头来。他想，倘若用息壤筑堤，不是就能够完成自己的设想了吗？

不过，息壤这种东西会极大地改变大地的面貌，轻易不能使用，所以被天帝严密地收藏起来了。鲧知道如果自己去求天帝的话，肯定不会得到允许。为了解救世人的苦难，鲧下定决心，冒着被严惩的风险，悄悄将息壤偷到了人间。

伯鲧开始率领人们用息壤来构筑高堤阻拦洪水，富有灵性的猫头鹰和乌龟也来帮着他拖绳子、衔泥巴。在堵水的过程中，鲧逐渐掌握了构筑城池的方法，我们中国最早的城池就是他修建的。

然而，尽管鲧马不停蹄地干了九年，天下的洪水还是没有平定。一来是因为天下实在是太大了，九年的时间只够他将活儿干一小半；二来，也许他用堵塞的方法来治理这么大的洪水并不很合适，所以没有什么显著的效果。

这个时候，伯鲧偷盗息壤的事情被发现了。加上当时尧已经考察完了舜，决定将帝位传给舜，但作为重要下属的鲧和共工都坚决表示了反对。于是尧大怒，派遣火神祝融将鲧杀死在了一个名为羽的郊野外，夺回了息壤。

伯鲧死了之后，尸体留在羽郊，三年都不腐烂。新天子舜听说了这件怪事，派人拿着吴刀去剖开鲧的尸体。从鲧的肚子里面蹦出来一条虬（qiú）龙，这就是他的儿子，禹（yǔ）。

鲧用这种方式留下了后代，然后跳入旁边的深渊（羽渊）中，变成一种叫作黄能的三足龟游走了。羽渊附近的居民为他修建了祠庙，每年定时祭祀他，纪念他冒着生命危险为人类偷来息壤的牺牲精神和不辞劳苦努力造福人民的奉献精神。

也有记载说鲧变成的不是黄能，而是黄熊。不过，一头黄熊自由出入于深水中？总有些说不过去吧。还有记载说鲧变成的是玄鱼（黑色的鱼）、鲛鱼、黄龙之类的水生动物，这与三足龟差得不很远，是属于传说的变异，听起来还是合情合理的。

还有些资料记载说，鲧并不是尧杀死的，而是舜杀死的。舜继位后，雷厉风行地收拾了一直反对他的四大势力（他管他们叫"四罪"）：将共工流放到幽州，将丹朱流放到崇山（这是关于丹朱流放地的另一个版本），将三苗驱逐到三危，将鲧杀死于羽郊。如此一来，天下人就都顺服于舜了。反正，无论鲧是不是舜杀的，总之鲧跟舜很不对付就是了。

有莘氏吞神珠生禹

上一个故事我们讲到，禹是从父亲鲧的肚子里蹦出来的。其实关于禹的出生，还有别的说法。

据说，禹的母亲来自有莘（shēn）氏部落，名叫女嬉（xī），又有女志、修己、女狄等说法。女嬉与鲧结婚之后，并没有很快生养小孩。

有一次，女嬉到坻山玩，看到一株植物上挂着颗神珠，有薏（yì）仁那么大，晶莹可爱。女嬉将神珠取下含在嘴里，不知不觉竟吞了下去。

吞下神珠之后，女嬉感到身体发生了某种变化，好像与某种神秘的力量发生了感应。后来，她发现自己肚子里有了小宝宝。寻常的孩子都是九个多月就出生，可是女嬉肚子里的孩子一直孕育了十四个月，才有了要出生的动静。

也许因为孩子在肚中待得太久，长得太大，女嬉无论如何也生不下来。没办法，人们只好剖开她的肋骨将孩子取出，这个孩子，就是禹。

女嬉的肋骨剖开之后，大概也活不成了。至今在我国的一些地方还留存着"禹穴"这样的古迹，据说就是当年女嬉生下禹的地方。那里的白石头上有明显的红点，几千年来用水洗、用刀刮都去不掉。据说就是女嬉生产时溅到上面的血迹。

看来，无论是剖开父亲鲧的肚子蹦出来的也好，还是剖开母亲女嬉的肋骨取出来的也好，禹的出生都是非常神奇然而又是非常残酷的事情。禹是他的父母以自己的生命为代价生出来的下一代，神奇的出身表明他具有神奇、非凡的本领。

大黑熊与九尾狐

舜当上天子之后，一直反对舜继位的水神共工又运用他的神力发动大水，令原本并未平息的水患雪上加霜，滔天的巨浪甚至一直淹没到了国土东边的空桑这个地方，世间的人们无处可逃，陷入了更加悲惨的境地。

禹长大之后，被帝舜指派继承鲧未竟的事业，继续治理洪水。禹知道父亲因治水不力而获罪被杀，心里憋着一股子劲，决定要在自己手里替父亲将这件大事完成。

和父亲鲧一样，禹带领着手下东奔西走，夜以继日地工作，再没有时间顾及个人生活。一直到三十岁，他都没有成家。那个时候许多男子甚至不到二十岁就结婚了，他到了三十岁还没有妻子，简直太晚了。他也渴望家庭的温暖，心想："如果我该结婚的话，上天肯定会给我显示一些兆头吧？"

走到涂山这个地方（据说在今天浙江绍兴附近）时，一条九尾白狐忽然跑到他的身旁。九尾白狐出产在附近的青邱国，是一种吉祥的生物。禹想起自己听过的当地民歌："绥绥白狐，九尾庞庞。我家嘉夷，来宾为王。成家成室，我造彼昌……"意思是说，谁见了九尾白狐，谁就可以为王；谁娶了涂山氏之女，谁就可以家业兴旺。禹想：原来，我的婚姻是着落在这个地方啊！

涂山氏是当地的大族。氏族中有个女儿叫作女娇，禹一眼看中了她，便向她家求婚。涂山族知道禹是个勇猛勤勉的能人，便答应了他的

《山海经》中的九尾狐

请求,为他们举行了婚礼。

也有人说,九尾狐其实是涂山氏的神兽,所以也可以将女娇看作是九尾狐一族的人。

结婚四天以后,禹不敢耽误治水工作,就将新婚妻子送到安邑(yì)城安置下来,自己继续奔赴远方与洪水战斗去了。女娇十分思念丈夫,经常派遣家中的使女登上山顶去张望,看远远的路上是否有他回来的身影。等来等去,半点禹的影子也望不到。女娇感到失望,便长叹着吟咏道:"等人啊……(候人兮 [xī] 猗 [yī])"据说,这就是南国最早的诗歌。

禹并不是再没有回到安邑,但他全身心地投入到治水大业中,曾经"三过家门而不入",这里的"三"表示多次,并不是说只有三次。为什么到了家门口也不进去呢?大概他心里明白:一旦回家,他就会舍不得走了,可是治水的工作刻不容缓,决堤、溃口之类的险情,是容不得儿女情长的。

女娇思念丈夫，便离开安邑去找到禹，要求跟他在一起。禹虽然觉得妻子跟着自己满天下奔波太过辛苦，可是一来却不过她的情意，二来自己也确实想念她，便答应了。这样女娇就留在营地照料家务，并且给禹做饭、送饭。两个人都感到日子有了滋味。不久之后，女娇肚子里有了小宝宝。

有一天，禹带着大队伍来到轘（huàn）辕山（在今天河南偃师附近）治水。禹经过勘察，决定要将轘辕山打通来导水。他对女娇说："今天的工作量很大，我要不受打扰地一鼓作气干完。你先不要来送饭。我在半山上挂一面大鼓，什么时候可以了，我就敲响那鼓，然后你再来。"女娇连声答应了。

女娇走了之后，禹摇身一变，变成了一头巨大的黑熊。毕竟开山工程太大了，以普通人的力气和效率，不知道要干多久，哪里比得上力大无穷的黑熊来干呢？别忘了，禹的父亲鲧是一匹白马，又可以化身为玄鱼或者黄龙，而禹继承了他的神力，诞生之初是一条虬龙，后来又能变成人，所以他具有变化身形的神力。于是禹挥舞着巨大的熊掌，劈树、刨路、推土、搬石头，忙得尘土飞扬，不亦乐乎。轘辕山渐渐被刨开了。

日头已过正午，通常的吃饭时间早就过了，禹也不觉得饿。可是，一不小心，他的爪子抛起的几个土石块正好砸在了半山挂着的鼓面上。咚，咚，咚，鼓声响了几下，禹正干得欢，根本没有注意到。

女娇早已等得不耐烦，听到这个信号，急忙挎起食篮匆匆忙忙赶到工地。然而，眼前的景象让她惊呆了：什么，那头正在开山的巨大野兽难道竟是她所爱恋的丈夫吗？！

她极度震惊，又极度害怕，尖叫着扔下食篮转身就往山下跑。禹听到动静，这才知道妻子发现了自己的化身。他急忙撒腿去追，想跟她解

释，想安慰她。可是情急之下，他忘了变回人形，仍旧是一头狂奔的大黑熊。他一路追，一路呼叫着女娇的名字，可是在女娇听来，那不过是大黑熊发出的可怕吼叫罢了。

女娇吓得一口气跑到嵩山脚下，累得再也跑不动了。眼见大黑熊就要追到跟前，她无路可逃，又是痛苦，又是绝望，一咬牙，变成了一块人形的石头。

禹追到她跟前，这才终于变回了人形。他看着妻子化成的石头，又气又恼，大声说："你不认我就算了，总得把儿子还给我吧？"

话音刚落，女娇化成的石头裂开了，里面有一个活泼泼的男婴。禹小心地将儿子抱出来，给他起名为"启"，就是裂开的意思。看起来，启延续了他父亲的神奇出生方式，也是从父亲或母亲裂开的肚子里诞生的。

大禹治水定九州

大禹所领导的治水工程,是我国上古人民所完成的最伟大的一桩事业。与前代伯鲧治水时采用堵塞法不同,禹改用了疏导为主、适当堵塞的方法,最后取得了成功。

关于大禹治水,至今有很多传说和遗迹留存下来。

前面说过,这场洪水是由水神共工在尧时代洪水的基础上雪上加霜造成的。水神共工从来就不是一个好脾气的神。先前他与火神祝融打架撞断了天柱的事就不重复了,当时他们打架就是为了争当天帝,如今他再闹事,也是因为反对舜的统治,想要自己当天子。

共工不光自己搞破坏,还支使他的手下一起干。其中有个叫作相柳(又叫相繇[yáo]),是个九头蛇身怪,而且他的每个头都是人头。这样一个怪物潜藏在水里兴风作浪,不知有多少人莫名其妙就丢掉了性命。

为了打败共工,禹这边也有一堆得力的手下。

曾经在黄帝大战蚩尤时立下功劳的应龙成了禹的前驱。它根据禹考察地势的结果,将大尾巴在地下一划,别的人就根据这个痕迹来挖沟导水。除了应龙,还有一群别的龙也担任这一工作。有次一条龙划错了路,禹就将它杀了来警告别人。至今,我国巫山附近还留有"斩龙台"遗迹。

除了导水,禹也要堆山。他从天帝那里讨回了息壤,这样才能将重新设计好的地势固定下来。一只大黑乌龟专门负责替他驮着息壤,有需要的时候,禹就从乌龟背上取一点。

《山海经》中的九头蛇身怪物相柳

除了手下的得力干将，沿途又有各种神灵来帮助他。

在黄河边，人面鱼身的河伯给了禹一块大青石，上面画着江河地图（河图），禹照着地图工作，省了不少力气；禹将龙关山凿开形成龙门之后，在一个幽深的地洞中遇到了古神伏羲。伏羲送给他一根一尺二寸的玉简，让他丈量天地、平整水土；在巫山，云华夫人传给他策召鬼神之书，他按照书中所教的方法召来了狂章、虞余、黄魔等神灵帮他开路；到了洮（táo）水，又有一个长得很高的神人送给他黑玉书……

随着治水事业的深入，越来越多的大河被禹导开，越来越多的高山被禹改造，禹的声望和权威也越来越高、越来越大。对付胆敢违抗或者阻碍他的人，他都毫不客气。比如在梓潼时，他需要一株直径达到一丈两寸的梓木做独木舟，可是这棵树的树神不干，禹就严厉地责骂他，并且直接将树砍倒了。又如在桐柏山，他将不肯配合的鸿蒙氏、章商氏等囚禁了起来，并且将淮涡的水神、模样像巨猿的"无支祁"脖子上拴了大粗铁链,锁在了淮阴的龟山之下。

到了与共工决战前夕,禹在茅山会盟天下诸侯,共商大计。有个巨人族防风氏的首领迟到了,禹就将他杀掉以严明纪律。这下,所有的首领们都对他唯命是从了。

禹的权威甚至让神界也对他俯首听命。会盟当天的傍晚,忽然起了一阵大风,雷霆万钧中,半空出现了许多金甲武士,簇拥着脑门上绑着红绢的主神,那就是风伯雨师等,他们奉天帝之命也来朝拜大禹,并且为决战共工而待命。

会盟之后,所有的部落齐心协力共同奋战,终于打败了共工,取得了治水的最后胜利。后来人们就将茅山改名为"会计山",就是会集到一起计划大事的意思,又写作"会稽山"。共工被禹驱逐到了很远的地方去,相柳也被禹杀了。不过相柳的血腥臭有毒,流到地面就会长不出粮食。禹只好将他深深地埋了,又在上面筑起高台来镇压。

禹完成了这么伟大的事业,被天下人尊称为大禹。他的封地在夏这个地方,所以人们也叫他夏禹。舜年老了,就将帝位禅让给了禹。也有人说,是禹凭借治水建立起的功勋和权威,自己起来取代了舜,为父亲伯鲧当年的冤死报了仇。

大禹做了大概十年天子,仍旧关心水土的巩固问题,经常到全国巡视。不过他因为长期劳累,落下一身的病,腿都迈不开,只好半跳半挪地走动,人们管他这种步子叫作"禹步"。后世的巫师作法召唤鬼神时,都要学他这种步伐,认为具有神力。

禹治水可以说是走遍了万国:向东到达过太阳栖息的巨树扶桑、青邱国、黑齿国等地,向南到达过交趾国、九阳之山、羽人国、裸民国等地,向西到达过三危国、积金山、奇肱国、一臂三面国等地,向北到达过终北国、犬戎之国、夸父之野,还见过海神禺强。他命天神大章和竖亥测量了大地的面积,量出来从北极到南极与从东极到西极的距离相同，都是两亿三万三千五百里七十五步，可见"天圆地方"这个说法没错，大地真的是个正方形呢。

人们将大禹到过的地方称为"禹迹"。"茫茫禹迹，画为九州"，禹将自己统治下的所有领土划分成九个州：冀州、兖州、青州、徐州、扬州、荆州、豫州、梁州和雍州，这就是我们中国最初的"九州"，后世又用"九州"来指代全中国。禹又将从九州收上来的金属筑成了九个大鼎，鼎上刻画了天下鬼神精怪的图像。后来，九鼎就成了国家政权的象征。

禹到南方巡视时，走到会稽得了重病死去了，臣下们就将他埋葬在这里。据说禹原本把帝位传给了能干的大臣伯益，可是禹的儿子、那个从石头里蹦出来的启不服，就抢过了帝位，而将伯益驱逐或者杀害了。国中其他的反对者例如有扈氏等，也被启镇压了。

于是，夏启就建立了我国历史上第一个帝位父子相传的人间王朝：夏朝。

也有人说，启这个名字，其实不是从肚皮裂生的意思，而是开启的意思。这个名字，就记录下了他所做的这件具有"开启新时代"的意义的事。

文化事象的起源

谁教会了人们用火?谁造出了家畜和家禽?谁发明了酒、文字、蚕桑、陶器等事物?谁用音乐和种种发明让我们的生活变得丰富多彩?

燧人氏与奇幻燧明国

早先,人们偶尔吃到被雷火烧过的动物肉,发现了用火的好处,于是开始使用天然火。可是万一火种熄灭,而一时又无法从大自然中取到火,那该怎么办呢?难道又要去吃生冷食物吗?那可是会生病的。

所以,人类很有必要掌握人工取火的技术。那么,人类是怎么学会自己生火的呢?

传说上古时期,在距离中央之国万里的南方有一个燧明国。这个国家没有四季,也没有昼夜之分。它的天空中永远有小星星一样的光芒在闪烁,美丽得像梦幻一样。它的国民永远不死,如果活腻了就升到天上去。

在燧明国中有一株巨大的火树,名叫燧木。燧木体积非常大,枝叶盘曲达到一万顷;燧木又非常高,云雾会在它的枝叶间飘来飘去。最神奇的是,只要折下它的一个小枝条去树身上钻动,就会发出小火花,看上去就是一簇星光。燧明国之所以永远都是明亮的,永远没有寒冷,就是因为它的国人乃至动物会不断地用小枝条钻树取光、取火的缘故。

遥远的中央之国却与此相反。人们没有能力在恶劣的气候条件下不间断保存火种,不得不经常吃生冷食物,所以动不动就会肚子疼,甚至生病死去。而且人们也必须忍受夜间和秋冬的严寒,扛不过的就冻死了。眼看着族人越来越少,部族中有位首领十分

焦虑，他决定走遍天下，找到人工获取火种的办法。

首领离开了族人往南走，不知走了多少年月，来到了燧明国。他正巧看到一只长得很像猫头鹰的鸟在用嘴壳子钻啄燧木。随着它的啄动，许多炫目的小火花从树身冒了出来。首领的心中猛地一动：如果钻木能够产生小火花，那不就可以生起火来了吗？他急忙从燧木上折下了一些枝条，又堆拢了一些干柴，拿小枝条在大枝条上钻动，果然火星四溅，不一会儿干柴就烧着了。

首领十分激动，带着燧木的枝条急急忙忙回到中央之国，将这个方法传播开去。从此以后，中央之国的人民都学会了取火，再也不用遭受生冷食物和寒冷的困扰了。

由于这个伟大的功劳，这位首领就被人们称为"燧人氏"，也位列古帝之一。

女娲造六畜

人们将世界上的动物大体分为家畜、家禽和野兽等几类。今天与人们生活息息相关的几种家禽和家畜是怎么来的呢？

据说，它们都是大母神女娲造出来的。

起初，女娲大神独自存在于天地之间。她感到非常寂寞，就在溪流旁坐下来，将水边的软泥放在手里揉捏。她想要创造出一些有生命的东西来，让世界变得活泼热闹。

第一天，她捏出了一种头小嘴尖、有翅膀、有两只爪子的动物，吹口气活了，她管它叫作鸡；第二天，她捏的动物比头一天大些，钝脑袋，四条腿，长尾巴，吹口气活了，她管它叫作狗；第三天，她捏得更大些，两只大耳朵，短尾巴，吹口气活了，她管它叫作猪；第四天，她把头天动物的腿再加长，身子变瘦，脸变尖，还加上了一对弯弯的犄角和一把胡子，吹口气活了，她管它叫作羊；第五天，她把头天动物的身子加高加粗加大，口鼻变钝，去掉胡子，吹口气活了，她管它叫作牛；第六天，她把头天动物的脸变瘦，脖子加长，腿加高，身子变得更精悍，吹口气活了，她管它叫作马。

至于第七天女娲还造出了什么，你想必已经猜到了，那就是人。

女娲将前六天造出的六种动物给了人类，作为他们最初能够饲养的家畜和家禽，这就是"六畜"，称作：鸡、犬、豕（猪）、羊、牛、马。

为了纪念女娲的伟大功绩，后世的人们按照她创造这些动物和人的顺序，将每年的大年初一叫作鸡日，初二叫作犬日，初三叫作豚（tún）日（就是猪日），初四叫作羊日，初五叫作牛日，初六叫作马日，初七呢，就是人日了。所以，每年到了"人日"这一天，大家都要戴"华胜"（就是花冠）、吃七宝饭、出门游玩，想方设法地庆祝人类自己的生日。

伏羲制八卦

前面提过，雷神之子伏羲创造出了我国古代非常奇妙的一套文化符号——八卦，现在我们来讲讲这个故事。

传说，那时候黄河里出现了一只怪兽，它长着龙的头、马的身子，满身的毛卷成许多小漩涡。它是河里的蛟龙变的，人们都叫它龙马。

龙马当然不是普通的马，它拥有巨大的力量，到处兴风作浪，把人们辛辛苦苦开垦出来的良田和种植出来的庄稼都冲毁了。大家拿它一点办法都没有，想起了那个充满神力的雷神之子，就哭着祈求说："伏羲伏羲，你什么时候能来帮助我们呀？"

似乎听见了人们的呼唤，伏羲从天上飘飘然降了下来。说来也怪，那头作恶多端的龙马一见了伏羲，立刻就乖乖地驯服了。它居然老老实实地走过来，趴在了伏羲身旁。伏羲抚摸着龙马的皮毛，忽然注意到了它身上的漩涡图案。瞧，它们那么多，每个都不一样，而且似乎按照某种规律排列着！

这些漩涡纹里隐含着什么样的玄机呢？

伏羲让人们筑了一个高台，将龙马牵上去。他自己则日夜守在龙马身边，对着龙马身上奇怪的漩涡纹冥思苦想。经过八八六十四天，他终于想明白了，龙马身上的图案，其实是一个神秘的数学图形，里面将从"一"到"十"的十个数字巧妙排列，

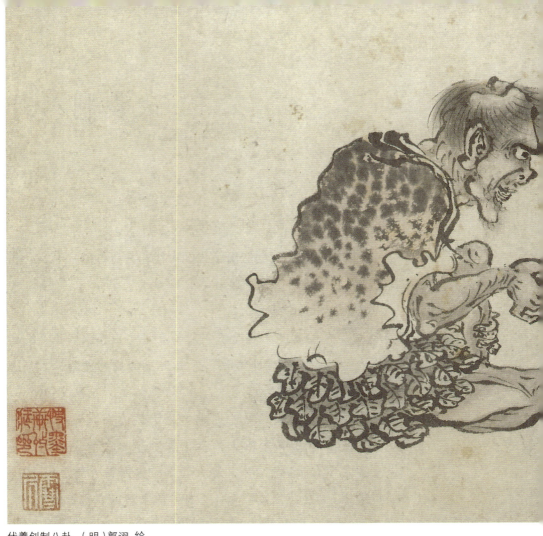

伏羲创制八卦 （明）郭诩 绘

揭示出了天地阴阳、万物相生相克的道理。

于是，伏羲根据龙马身上的纹样，再加上自己的领悟，创制出了"八卦"。"八卦"是八个不同的符号，每个符号都由长横线或者短横线组成，表示八种事物，具体是：天（乾卦，☰）、地（坤卦，☷）、水（坎卦，☵）、火（离卦，☲）、风（巽卦，☴）、雷（震卦，☳）、山（艮卦，☶）、泽（兑卦，☱）。

从八卦中，伏羲又推演出了六十四卦，代表他在高台上冥思

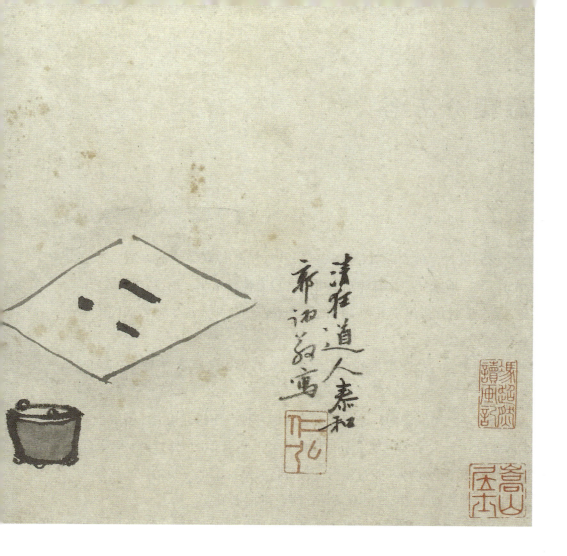

苦想的六十四天。

　　你也许要问,"八卦"有什么用呢?简单地说吧,用这一套理论,人们可以了解天地间的基本规律,推知万事万物的未来发展。这是不是非常神奇?

　　后来,人们在伏羲降(xiáng)伏龙马的黄河故道上修建了一座寺院,叫作"负图寺"。伏羲面对龙马研制八卦的高台,就被叫作"八卦台"。伏羲制八卦的故事就这样一代代传了下来。

后稷分五谷

我们讲过，神农氏教给人民辨识和种植各种农作物的方法。不过时间长了，地域又广，有些知识可能并没有流传下来。后来，后稷（jì，又名弃）重新分辨出了五种当时的主要农作物，并让这个知识代代传承下来，直到如今。

前面帝喾的故事里提到，有邰氏的女儿姜嫄曾经踏上天帝的脚印，之后就生下了弃。

弃从小就有大志向，连游戏也是栽种各种农作物。长大后他成了一个农耕能手，大家都向他学习种地的本领。后来他的兄弟尧做了天子，让他做了天下的农师。尧帝死后，舜帝将有邰这个地方封给他（这是他母亲姜嫄的族地），他就更有条件钻研农耕技术了。

当时人们种植农作物还处于一种很原始的状态，对于地里生长的植物，什么能吃，什么不能吃，仍然只有大致的概念，并没有很精确的区分。而对于那些能吃的作物，就算自己也留下种子撒进土里了，却并没有总结出一套成熟、完整的经验，以便在下一个农耕季节得到更大、更好的收获。

弃通过常年仔细的观察和积累，准确地区分出了五种最常见、最主要的农作物，分别是：稻（大米）、菽（shū，豆子）、麦（小麦，可以磨出面粉）、黍（shǔ，黄米）、稷（jì，又称为粟[sù]，就是小米）。这五样农作物，合称"五谷"。同时，弃在前人的经验和自己摸索的基础上，总结出了五谷的栽种和繁育方法并教授给大家。这样，人们就逐渐

被后人尊为农神的后稷

获得了稳定的粮食产量,不会经常饿肚子了。

由于弃的这个贡献,人们尊称他为"后稷",将他视为继神农氏之后的农神。"后"的含义来自于"司",是司掌、掌管的意思。"稷"在这里代指五谷以及所有的农作物(百谷)。"后稷"就是"司掌农作物的人"。后来,"后稷"一度延续成了农官的官职名,好几代天子的农官都叫作"后稷"。

据说,后稷是在播种百谷的时候死在黑水之山上的。不过,他死之后很快又复苏了,变成了一个半人半鱼的神,仍旧在大泽中出没,大概还是在保佑着天下的农事顺利吧。

蚕马的故事

前面我们讲过蚕丛大王的金蚕。那么，蚕这种能够吐丝结茧的生物到底是怎么来的呢？这里头可有个凄凉的故事。

传说在帝喾高辛氏的时候，蜀地有一个部落聚族而居，也经常与周边的其他部族发生争战。有一天，部落中的一个男子打仗时被敌人掳掠去了，过了一年也没有回来。他的女儿十分思念他，就对众人说："谁要是能把我的父亲救回来，我就嫁给他！"

众人听了跃跃欲试。可是敌人毕竟不好对付，等了好久，也没有人办到这件事。女孩不免伤心哭泣。他们家养的一匹马听说了女孩的誓言，忽然挣脱缰绳跑了出去。没过几天，父亲居然被驮在马背上回家来了。一家人团聚，又惊又喜。

马儿立了大功，女孩和父亲都厚待它，给它吃最好的草料。没想到马儿不肯吃，每次见到女孩从自己身边经过，就奋蹄嘶鸣，又是兴奋、又是愤怒的样子。

父亲感到很奇怪，就问女儿这是怎么回事。女儿就把自己先前立下的誓言跟父亲说了。父亲生气道："一匹马居然敢胡思乱想，人和动物怎么能够结婚呢？"于是就把马杀了，把它的皮晾晒在庭院中。

有一天，女孩从马皮附近经过，马皮忽然跳起来，将女孩卷在里面飞走了。家人和友邻急忙去找，找了好几天，终于在一棵

马头娘像

大树的树枝上找到了马皮。这时候,马皮与里面裹住的女孩已经融为一体,变成了一种新的生物,正趴在那里吐丝呢。

人们将这种能吐丝的新生物叫作蚕,将那女孩叫作蚕女,又叫马头娘,将那马叫作蚕马。至于那棵树呢,则被叫作桑树。桑,就是丧的谐音,意思是那位父亲在这棵树上丧失了女儿。

也有人说,蚕女后来成了天上的蚕神,虽然还有人的形貌,但总是披着一张马皮。如果有必要,她就会将马皮往身子上一裹,恢复成蚕的本相。

嫘祖教民蚕桑

蚕出现之后，它的丝又是怎么被人发现并利用的呢？与蜀地有蚕丛大王教民养蚕的传说不同，在中原，人们传说，发明这项技艺的始祖是嫘（léi）祖。

嫘祖是黄帝的妻子，又写成雷祖。据说黄帝有好几个妻子，嫘祖是第一妻。如果把黄帝看成天帝，那么嫘祖就是天后。同时，黄帝被视为华夏族的始祖（或始祖神），嫘祖就被视为华夏族的始母（或始母神）。

黄帝常年带着成年男人们在外面打仗，嫘祖则在家主持族人日常的生产和生活。野生蚕结出的蚕茧零零散散地分布在桑树上，看起来是个好东西，可是，能够拿它们派个什么用场呢？偶然的机会，嫘祖发现受热之后的蚕茧能够抽出大量的丝来。当然，天底下会产丝的动物不止有蚕，还有蜘蛛等等，可是，只有蚕丝又细、又韧、又长，是最有可能被用来纺织的。在长期的观察和动手实践之后，嫘祖发明了一套养蚕和抽丝的方法。

她将活蚕从桑树上捉下来，平摊着养在阴凉地，喂给它们剪碎的新鲜桑叶。待到蚕结茧破出之后，她用热水烫那些茧子，抽绕出许多丝团，再让女人们用这些丝线纺织、染色。这样，就得到了一种世上从来没有见过的神奇织物，她管它叫作：丝绸。

在那之前，人们穿的都是葛麻之类的粗衣裳，根本无法想象会有丝绸这样高雅的东西。丝绸是如此轻柔透薄、华丽多彩，有了丝绸，人们的生活水平提高了不知多少档次。

也有人说，嫘祖是在黄帝庆功的时候见到蚕神的。当时，黄帝打败了蚩尤，设宴大庆功，人神都来祝贺。蚕神（马头娘）从天而降，手里捧着几绞亮闪闪的蚕丝献给黄帝。黄帝将蚕丝交给嫘祖，嫘祖由此开始了养蚕、织丝的历程，并且教会了天下的女人们，让蚕种在人间繁衍下去。

不管是历史也好，还是神话也好，总之，养蚕纺丝，是中国人非常了不起的一大发明，对世界文明也产生了巨大影响。至今人们还供奉并祭祀嫘祖，尊称她为"先蚕神"。

仓颉发明文字

中国最初的文字是怎么来的？据说，是一个叫仓颉（jié）的能人发明的。

仓颉是黄帝时期的史官（负责记录历史的官员）。那个时候，记录历史是一件很麻烦、很困难的事。主要的方法不外乎这么几种：

首先是口耳相传。曾经发生过什么事，靠人们的记忆，由老一辈人讲述给年轻一辈人听，再由年轻一辈传给他们的下一代。比如曾经十日并出啊，曾经发过洪水啊，曾经野兽横行啊，等等。但是人的记忆是不可靠的，而且很多事传着传着就走样了，每个人记得的都不一样，所以这个方法并不太好。

还有一种方法是画画。某年族人们在某地围猎，打到了多少头野猪，或者多少野鹿之类，值得记下来，就用专门的矿物磨成颜料，画在山崖上，或者岩洞的墙壁上。可是画画太费事了，画的内容也不一定全面，后世的人也不一定懂，而且时间一长，画面又会剥落不清晰。所以，画画也不是传承历史的最好方法。

还有一种比较简单易行的方法就是结绳记事。族人举行了祭祀，在绳子打个特殊的结；天上发生日食月食了，又在绳子上打个另外的结；粮食丰收了，再在绳子上打个专门的结……打结比画画当然简便很多，可是时间长了绳子会坏掉，而且，时间长了，每个绳结的含义也会变得模糊不清。

仓颉担任史官之后，就想发明一种新的方法，能够更加简便而准确

地将天下发生过的大事记录下来。他绞尽脑汁，没日没夜地揣摩着。有一天，他看到鸟爪和兽足在雪地、泥地上留下的印迹，忽然大受启发，豁然开朗：我为什么不模仿鸟兽之迹来发明一种符号，把我们想说的话记录下来呢？

于是仓颉就拿根树枝在地上画，反复琢磨怎样将每个符号对应上最能让人明白的意思。他一口气发明了好多这样的符号，日、月、山、水、木、土、石、虫……这就是我们中国最初的文字。

据说，仓颉发明出第一批文字的时候，天上下起了小米的雨（粟雨），大概是老天爷在赞赏他的智慧吧。可是与此同时，又有很多鬼怪在夜里大哭起来，这大概是因为鬼怪们知道，从此人类就会发现这个世界更多的秘密，搞不好，也会对他们造成巨大的影响呢。

有了文字以后，更多的事件可以被简便地记录下来，人们的智力提高了，历史也变得越来越清楚。由于仓颉发明文字这个伟大的功劳，后世的人也将他归入古帝之列，叫他"史皇"，或者"史皇氏"。

仓颉到底造了多少字呢？据说有一斗油菜籽那么多。没有人学全过，就连后来的孔夫子，也只学会了其中的七升，所以，如果哪天你碰到个谁也不认识的字，说不定就是剩下那三升里面的了。

阴差阳错杜康酿酒

今天,世上有很多美酒佳酿。人们适度饮酒,感到身心舒畅。尤其诗人们喝了酒,甚至会像李白那样"斗酒诗百篇",创造出很多美好的文学作品来。那么,你知道最初酒是怎么被发明出来的吗?这可是个"美丽的错误"呢。

据说,黄帝在位时期,让一个名叫杜康的人做粮官,负责管理粮食仓库。那个时候余粮不多,人们还没有建立起像现在这样规整、科学的粮仓,收获的粮食就堆在山洞里。杜康负责看着这些粮食,不让它们在人们动用之前被耗子、鸟雀之类的野生动物偷吃掉。

有一年雨水特别多,地里收成也不好。黄帝让杜康拿出存粮来给大家吃。杜康打开山洞里的粮食包一看,可傻了眼了:真没想到,存放在这里的粮食受了潮,很多都发霉腐败了。

黄帝大怒,差点杀掉杜康。幸亏他人帮着求情,才饶了他的性命,让他改进储粮办法,将功赎罪。杜康满心羞惭,回去赶紧把剩下的粮食拿出来晒太阳,又琢磨着在山洞里搭架子,想方设法通风,好容易保住了余粮。

下一年年成特别好,地里丰收,这下杜康忙不过来了。打下的粮食原来的山洞堆不下,又开辟了部落附近的几个新山洞,还是不够。随便堆放肯定会烂掉,这可怎么办呢?有了上次的教训,杜康不敢怠慢，急忙到处寻找合适的替代场所。

有天杜康走过一颗巨大的枯树，看到树心空了，心中一动：这个树洞能够容纳好几个人钻进去，又隐蔽，又防雨，又防晒，又防鼠雀，不正好是一个天然的小粮仓吗？杜康又找到几个这样的树洞，带着人将树洞清理干净，搬了好多粮食进去储藏，又小心翼翼地用泥巴封住了洞口。

过了两年，年成不好，山洞里的存粮也不够吃了。杜康想到树洞里还有存粮，便到树洞那边去查看。离着挺远，他闻到空气中有一种从未闻见过的浓浓的香气。走到跟前，他惊讶地发现：几只野兔倒在了树洞前，可是身上没有任何伤口！仔细察看，原来它们只是在闭着眼睛呼呼大睡呢。

这是怎么回事？杜康绕着大树转圈圈，发现树洞封口的地方裂了一道缝，一些比水浓稠的汁液正顺着缝隙慢慢流下来。这是什么东西？杜康拿手指沾了汁液放到嘴里尝，又香，又辣，又涩，可是怎么就那么有吸引力，叫人尝了还想尝呢？

杜康不知道藏在树洞里的粮食经过两年多的时间，自己慢慢发酵了，酿出了这样美味的汁液。杜康收集了更多这样的汁液，一口喝进嘴里。他只感到天旋地转，一下子倒在地上晕了过去。

过了好久，杜康才醒转来。这下他明白，先前那些野兔，正是喝了这种汁液醉倒的。可是，他本来是来取粮食的，没想到粮食已经变成了汁液，该如何交差呢？杜康想，瞒也瞒不过，还是说实话吧。他用随身带的葫芦装满了汁液，硬着头皮去向黄帝报告。

黄帝尝了这种汁液，非常惊讶，又叫来臣下们商议。大家都觉得，这是一种含有神奇力量的东西，是上天假借杜康之手赐给他们的礼物。黄帝就把这种新东西命名为"酒"，也不追究杜康的失职了，还让他研究该怎样才能继续得到这样的酒。

　　杜康本来负责保管粮食，结果阴差阳错发现了酒的酿造方法，后世的人们便称杜康为造酒的始祖。杜康又叫少康，所以有时候也说"少康酿酒"。

不光粮食，水果也能酿成酒。人们将酒的特殊香气称作"醇香"。酿酒术传到大禹时期，一个叫仪狄的人最为精通这门手艺。据说大禹尝到仪狄造的酒，感到十分甘醇，竟然为此疏远了他，并且决定自己再也不沾酒了。因为他说："后世一定会有因为酒而亡国的人！"从后来各朝的传续情况来看，大禹真是非常有先见之明。

宁封子制陶献身

据说在黄帝时期,有一个手很巧的人叫作甯(níng)封,又写成宁封。

那时候人们的生活用具还非常简陋。比如储水,除了用现成的葫芦,或者石坑之类,也没有什么更好的容器。如果吃饭呢,要么烧烤着吃,要么用树叶包着粮食在火下焖熟,就算有人想尝试做沾汤带水的食物,也不知道该用什么容器来装。

宁封根据日常生活的需要,用泥巴捏出了各种形状的食器,并且把它们放在大太阳底下晒干了。晒干后的土器的确可以用来装东西,但是它们也有很大的缺点:干燥的情况下,时间久了容易碎裂开,而一旦沾水又会塌软,根本不能用。

怎么才能让捏好的土器形状永远固定下来呢?宁封绞尽脑汁,不断地琢磨。

有一次,宁封在烧烤动物吃的时候,不留神把一个土碗一块儿埋到柴火里烧了。吃完肉,宁封清理灰烬堆的时候,摸到了一个硬邦邦的东西。宁封将它刨出来,发现正是自己刚才使用的土碗。只不过,经过火这么一烧,土碗已经变得坚硬,没有裂缝,不怕水,形状也不会改变了。

宁封惊喜极了,没想到,自己一直解决不了的问题,就这样得到了答案。他便将这种经过烧制的土器叫作陶器。他把自己的成果告诉了黄帝,黄帝便任命他为"陶正",就是主管陶器制作的官员。黄帝又吩咐他进一步研究陶器的制作方法，并教授给更多的人。

陶器的发明，带给人们生活非常大的方便，人们尊敬地称宁封为"宁封子"。

宁封子日夜钻研制陶术，还发明了烧窑的方法，以便一次获得更多、更高质的陶器。有一次，宁封子又架火烧窑。可是烧到半途，火力不够了。窑口在烧制完成前是不能打开的，宁封便爬到窑顶，打算从那里投下新的柴火去。没想到轰隆一声，窑顶突然坍塌了。宁封子葬身火海，就这样壮烈地殉了职。

也有人说，宁封子并没有死。人们在火光中看到，他的身影随着烟气缓缓上升，直到升入空中，成了神仙——像宁封子这样的神仙，就属于人死而成神的。

还有人说，宁封子本来就是神仙，他是专门下来教授黄帝神仙之道的，顺便也就传授了烧陶术——大概是因为神仙有烧炉子炼丹的经验吧。据说，黄帝因此封他为五岳丈人。今天四川青城山有个丈人峰，据说是当年黄帝向宁封子问道的地方。

素女和上古音乐家们

前面讲过黑女神玄女,现在我们讲讲白女神素女。"素"字的含义之一,就是白色。

在古中国西南方的黑水之间,有一片神秘的原野,叫作都广之野。都广之野上有座神秘的城池,方圆三百里,那是天地的中心。素女就是从那里出来的。

素女是一个多才多艺的女神,具有超绝的音乐才能。当她拨弄着都广之琴的时候,冬天会吹来温暖的风,夏天会降下冰凉的白雪;鸾鸟听了她的琴声会婉转鸣叫;凤鸟听了她的琴声会翩翩起舞;灵寿听了她的琴声,会自行开花。还有一次,黄帝请素女鼓瑟。素女将瑟鼓得哀伤不已,大家都受不了了。瑟本来有五十根弦,黄帝只好将瑟从中破开,变成二十五弦,这样才能演奏下去。

素女凭借自己对旋律、节奏和乐器特性的把握,能将任何乐器都演奏出这样惊人的感染力,她真是当之无愧的音乐女神。

除了素女,在上古,与音乐相关的神或神人、异人,留下名来的还有不少呢。

比如女娲大神手下有两个能臣,一个叫娥陵氏(从名字看大概是女性),一个叫圣氏。娥陵氏造出了都良管——可能是较早用来统一音律的工具。圣氏造出了斑管——可能是一种竹制乐器,器身上有一些孔洞,与日月星辰的数目之间有某种关系。

黄帝手下有个叫作伶伦的乐官,奉命制定出了音律——也许当时娥

素女鼓瑟图 胡小胡 绘

陵氏制定的音律失传了或者不合用了吧。伶伦用一种生长在溪谷中的竹子制成了三寸九分的乐管，共十二支，每支都发出不同音阶的标准音，这样就统一了天下的音律。往后，伶伦家族接连很多世代都担任国家的乐官，所以后世也将负责音乐的官员别称为"伶官"。

到了颛顼时代，颛顼帝的臣下飞龙模仿八方的风声，制作了《承云》曲来祭祀上帝。

到了帝喾时代，帝喾之臣咸黑制作了《九招》《六列》《六英》等歌曲，召来天翟鸟（类似凤凰）翩翩起舞。

到了尧帝时代，尧的乐师夔（kuí）制作了《大章》曲来教化人民。

到了舜帝时代，舜的乐师质整理了咸黑的乐曲，尤其又将《九招》命名为《九韶》，用箫之类的乐器演奏，别称《箫韶》。《箫韶》引来了凤凰。大禹时代乃至夏启往后，都将韶乐传承了下去。后世的孔子偶尔听到流传下来的韶乐，一下子就被它深深打动了，以至于"三月不知肉味"。

心灵手巧的上古发明家

上古有许多心灵手巧的发明家，今天我们习以为常、耳熟能详的许多事物，据说就是他们发明出来的。

前面说过，伏羲氏——又叫庖牺（páo xī）氏——发明了烧烤厨艺，神农发明了农业和一些农具等，黄帝发明了干支、历法、货币、度量衡等。当然，有些发明由于人们说不清或没记住发明者，就把功劳都归结到那些大人物身上了。

除了以上这些发明家，还有几个发明家值得我们来介绍介绍。

帝俊时代有个最著名的巧匠，叫作倕（chuí），人们又称他巧倕。他是帝俊的孙子，原名义均，又叫商均（因为他封在商这个地方）。据说，巧倕发明了做木器活儿用的工具规、矩和准绳，发明了农具铫（diào）、耨（nòu）、耒（lěi）耜（sì），发明了狩猎用的弓，以及演奏用的钟、渡河用的船，等等。也有人说，船是帝俊的另一个孙子番禺发明的。总之，巧倕在当时人们心目中的地位，就像后世的鲁班一样，是天下第一巧匠。

帝俊的另一个后代奚仲（加上他的儿子吉光），用木头造出了美观耐用的车。这种车是用规矩、钩绳等工具按照设计准确制造出来的，各种机关咬合严密，十分牢固，大大便利了人们的运输、迁徙。后世的人们至今怀念他。在今天的山东滕州境内有座奚公山，据说，当初奚仲就是在那里造出的车。

黄帝的一个臣子风后，在跟蚩尤打仗的时候，造出了指南车。无论天气状况多么糟糕,指南车上的小人都能准确地指向南方,这样就避免了在战场上迷路,导致性命之忧。这个故事,我们前面已经讲过了。

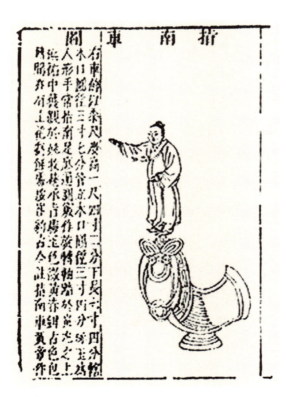

指南车图

后记

拙作《诸神纪》面世后，发现有许多读者是小朋友。其实《诸神纪》的写作虽发端于童蒙的需求，但写作过程中目标已经变化，所以成书是给成年人看的，并不那么适宜于儿童。我想，既然小读者有这么强烈的阅读需求，我应该专门为他们写一本概略介绍中国上古神话的书。

本书在结构、篇目内容、故事体例和语言风格上，都有自己的特点：

第一，结构上。本书简化纵横线条，按照认知类别分为三个板块，分别是：宇宙的起源（宇宙与自然）、神的起源（诸神的家族）、人与文化的起源，以利于少儿吸收和记忆。（而《诸神纪》是按照地域＋谱系＋时序的方式编排的）

第二，篇目与内容上。本书的设计主旨，是希望孩子们在一本书里对中国上古神话的基本面有个比较清晰的了解和认识，以形成中国神话故事的"基本款"，所以本书的内容涉及面比《诸神纪》广。在宇宙的起源这个板块，涉及宇宙诞生、天体神、气象神、山水神、花木神的故事；在神的起源这个板块，涉及三皇、五帝、非华夏族的神族、一些重要的零散神祇的故事；在人与文化的起源这个板块，则涉及人的诞生与死亡、三代始祖传说、三王时代、文化事象的起源故事。全书八十多个故事中，只从《诸神纪》中选取了三十多个，其他都是增补的。限于篇幅和少儿接受心理极限，有些我认为属于"进阶款"乃至"高阶款"的故事，只能留待将来了。

第三，每篇故事的体例上。为了适应儿童的阅读特点，本书的每篇故事都以讲述为主，将必要的解说融入故事文本中，去掉专门的内容解读和原文出处版块。

第四，语言风格上。本书从整体上语言更亲切、更简明，更适宜小读者。

关于我自己在写作本书时所遵循的主要原则，也一并向诸君交代一下。

第一，是准确。在学界公认的神话故事信息上尽量不出错。

第二，是清晰。中国神话内容繁复，初入门者很容易感到眼花缭乱，我尽量做了一些引导，在必要的地方放置简明扼要的"指示牌"。

第三，是重复。我想，对重要文史知识的传播是需要重复的，而且最好是从不同角度重复——这也是少儿接受信息的特点。加上中国神话原本芜杂，内容还有互斥现象，小读者稍不留神可能就被故事中的某些信息带跑了，所以对于重要的神、事，我采用了重复的方式进行强调。

第四，是解释。大多数向少儿介绍中国神话的书是不解释的，但我认为，如果真的希望孩子们了解自己国家的神话，就必须解释。否则，各种矛盾的、跳脱的内容，可能会把孩子们的脑子搞乱，看完之后疑问反而更多了。当然，解释可能会冲淡故事的文学性，而增加了其科普性。虽然我也不希望写得像科普文章，但有时候没办法，只能牺牲一点文学性。

第五，是建构。在释源之外，本书希望在孩子们的精神气质和文化心理的初步建构上起到帮助，也包括进行一些美学和文学的启发，等等。像书中会解释一些词语的意思，会介绍异体字，会在"写给小读者的话"中提到中国人的信仰问题等等，都是希望孩子们通过眼前这些小"星星"，了解到后面还有一片祖国文化的浩瀚星海。中国神话是中国文化的基石，也塑造着中国人共通的性格和气质，基础打得正、打得牢实很重要。我想，现在很多人文化自卑感的来源，其实在于对自己本身的东西并不了解，精神气质没有建构好，所以遇到什么事思想就容易走极端，有时候看不到自身的"好东西"，有时候又否认自身的"坏东西"。我觉得我们是有责任把孩子们引导得更好的。

第六，是包容。包容本身就是中国神话的特点，这个大熔炉融会了上古许多不同部族的神话，有些貌似整合好了，更多的却彼此矛盾地杂糅在一起。我有意识地保留了这些参差不齐的异文，在书中经常会告诉孩子：这个地方有另外的说法，那个地方的故事可能完全相反，等等。一方面是因为对各种材料无法也没必要强行整合，就像从考古坑里挖出的不同瓷器的瓷片不能强行粘到一起；另一方面，也希望藉此向孩子传递一种理念：文化上的"不同"是常态，包容和理解不仅是一种美德，也是生命世界对我们的要求。正所谓君子"和而不同"，一言堂、不让别人表达自己，是不好的。

第七，是关联。尽量让孩子们感到神话与他们自己的生活是有联系的，让他们理解神话的产生机制与其必然性，明白神话并不是一些虚无缥缈、莫名其妙的奇谈怪论。

民族筋骨的打造任重道远，《我们的神》只是一本小书，会收到多少成效只能拭目以待，总之，希望我们的工作多少能起一点作用吧。

最后，感谢北京大学出版社的同仁们，尤其感谢本书的责任编辑闵艳芸女士。没有她的眼光、没有她不厌其烦的沟通与努力，本书根本不会面世。感谢本书原创插画的作者七小、胡小胡，为孩子们补充提供了许多神祇的活泼泼的视觉形象。

严优　谨上
2019.3.20